MAIKE MEIJER

WEN ER MAAR AAN

Eerste druk oktober 2020
Tweede druk november 2020
Derde druk november 2020
Vierde druk november 2020
Vijfde druk november 2020
Zesde druk december 2020
Zevende druk januari 2021
Achtste druk februari 2021

Omslagontwerp Nanja Toebak
Illustraties Maike Meijer
Boekverzorging Sander Pinkse Boekproductie
Productiebegeleiding Tim Beijer
Uitgever Maike Meijer
Uitgeefteam Ruth Bergmans, Harminke Medendorp en Maarten Richel

ISBN 978 90 830 5980 8

Verspreiding New Book Collective, Amsterdam

maike.meijer
Maike Meijer

WEN ER MAAR AAN

Voor mijn mannen

DINSDAG

'Je zult wat meer last hebben van emotionele schommelingen,' zegt mijn huisarts.

Ik HAAT het als vrouwen dingen zeggen als: 'Ik heb zo'n last van emotionele schommelingen' of: 'Ik ben zo prikkelbaar de laatste tijd.' IK BEN NIET PRIKKELBAAR. Dat past helemaal niet bij mij, dat past bij vrouwen met Portugese touwsandalen.

Vrouwen die in plaats van een handtas een klein leren rugzakje bij zich hebben.

Vrouwen die zeggen: 'Doe maar LEKKER thee.'

Vrouwen met een fiets waar niks stuk aan is.

Vrouwen met een Cineville-pas die tijd hebben om de hele dag in een bioscoopzaal te zitten met meegebrachte boterhammen.

Vrouwen met zwembandtailles, pannenlapknieën en een droge vagina.

Kortom, de vrouw die ik niet wil worden. IK HOOR DAAR NIET BIJ. Ik ben wél sexy.

Ik wil nog niet dood!

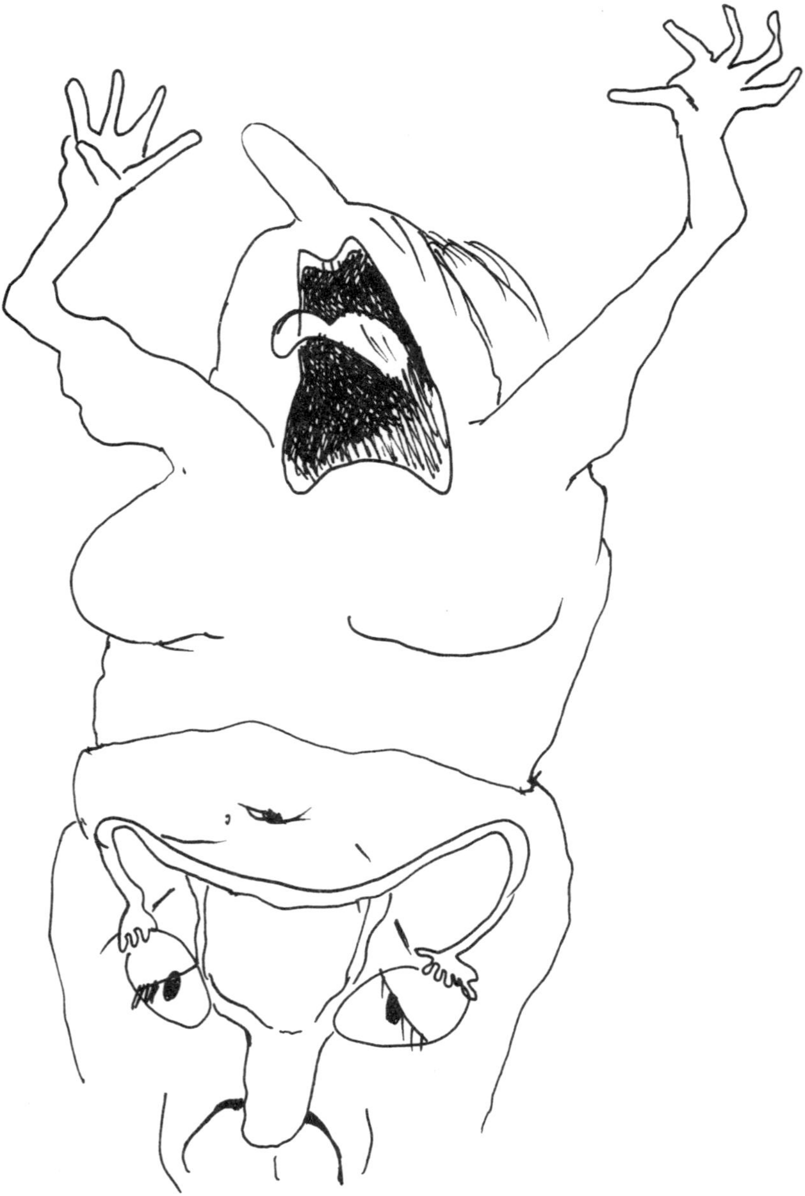

Ze heeft nog geen leesbril, mijn huisarts. Dus zet ze hem ook niet op. Ze heeft ook nog geen kalkoennek. Ze is in de dertig en irritant knap.

'Misschien is het een idee dat je een dagboekje gaat bijhouden,' zegt ze. 'Elke dag een notitie maken van de positieve en minder positieve dingen die er in je leven gebeuren. Zie het als ordenen. Weer een beetje overzicht krijgen. Een schetsje maken is ook goed. Je zult zien dat het helpt.'

Alleen huisartsen kunnen dat: je een hand geven en je tegelijkertijd de spreekkamer uit duwen.

Thuis stap ik onder de douche. Ik schrob als een idioot om de oude huidcellen eraf te krijgen, maar hoe hard ik ook over mijn vel rag, er komt niets babyzachts tevoorschijn.

WOENSDAG

Lief dagboek,

Als ze mij nu een energielabel zouden geven, was het G.

DONDERDAG

'De Efteling zoekt mensen, misschien is dat wat voor u?'

'De Efteling?'

Voor me zit een UWV-medewerker die me indringend aankijkt. Hij ruikt naar sigaretten en oude koffie.

'De Efteling is een sprookjespretpark. Het is een heel geschikte plek voor acteurs.'

'Ik ken de Efteling.'

'Een vrolijk pretpark met allerlei personages die de gasten verwelkomen.'

Probeert hij mij nou de Efteling te verkopen?

'Ik voel me niet prettig in een kabouterpak.'

Ik moet alweer plassen. De zoveelste keer vandaag.

'O, maar er zijn ook andere rollen, de Koningin van de Nacht, Assepoester...'

'Eh nee, dan kijk ik toch liever even verder.'

'U kunt wel nee blijven zeggen, maar zo werkt het niet in de WW.'

'Ik weet zeker dat er binnenkort iets interessanters op mijn pad komt.'

'En u wordt ook een dagje ouder.'

'Pardon?'

'Werk in uw leeftijdscategorie ligt niet voor het oprapen.' Hij kijkt bij 'uw leeftijdscategorie' alsof hij een slok azijn doorslikt. 'Wat, als ik vragen mag, is ook alweer uw geboortedatum?'

Voor het jaartal moet hij naar beneden scrollen. In de tijd die het duurt tot hij bij mijn geboortejaar is had ik makkelijk op en neer naar de plee gekund.

Hij klakt met zijn tong. 'Dat maakt dat u... over drie dagen negenenveertig wordt.'

Alsof hij wisselgeld teruggeeft.

'Ik weet zeker dat er een mooie rol op mij ligt te wachten. Kunt u op dat formulier aangeven dat ik mijn best doe en dat ik zelf werk ga vinden? Ik geloof niet dat ik me in het sprookjesbos helemaal op mijn gemak zal voelen.'

'Ik zie dat er ook nog vacatures zijn op het Anton Pieckplein,' zegt hij.

'Ik heb Shakespeare gespeeld, meneer. Ibsen, Beckett.'

'De telefoon staat kennelijk niet roodgloeiend.'

'Dat komt omdat ik in de overgang zit.'

'De overgang?' Hij kijkt als *De schreeuw* van Munch.

'Eh... de overgang... van moederrollen naar oudere vrouwenrollen,' zeg ik snel. 'Dat is een lastige fase.'

'Zoekt u wel actief? Internet? Vakbladen?' Hij tikt wat op zijn toetsenbord.

'Zo werkt het niet in de toneelwereld. Het gaat meestal via via.'

'Ah, wacht.' Hij buigt voorover naar het scherm en kijkt me dan over zijn leesbril heen aan. 'Even een minuutje snuffelen op deze vacaturesite en wat vinden wij hier... *Keet en Koen en de speurtocht naar Bassie en Adriaan*. Ze zoeken voor deze film een rechercheur.'

Ik noteer het telefoonnummer van de producent.

VRIJDAG

09.04 uur

De producent gebeld; film is allang gedraaid. Alsof het UWV mij aan een rol had kunnen helpen.

16.55 uur

Nogmaals het castingbureau gevraagd of ze niet iets voor me hebben. Na dit soort telefoontjes stinkt mijn zweet erger dan vroeger.

ZATERDAG

Onder de douche een helder inzicht gekregen. Met de overgang zit het als volgt: er is helemaal geen overgang. De veranderingen zijn er opeens en je moet het voortaan maar met je nieuwe zelf doen. Het is alsof je jezelf ooit in een winkel kocht en je er jarenlang heel tevreden over was. Maar opeens gaan er dingen stuk, dus ga je ermee terug en je vraagt: 'Kan ik dit ruilen?' De verkoper zegt: 'Nee, dit product is niet meer leverbaar.' 'Wil je alsjeblieft nog even kijken in het magazijn?' probeer je nog. Dat doet de verkoper. Na een tijdje komt hij terug. 'Sorry. Het product is uit het assortiment en we hebben ook geen vervangende onderdelen meer.' 'Waarom niet?' wil je weten. 'Er was geen vraag meer naar,' zegt de verkoper. Thuis kijk je in de spiegel en je schrikt je rot omdat je niks herkent. Wie is die vrouw? Alles zit er nog wel op en aan, maar het lijkt namaak. Je bent een Ali Express-versie van jezelf geworden.

20.40 uur

Koos zit tv te kijken. Als hij zo onderuit op de bank hangt zie ik waarom hij niet meer van die dunne truitjes moet aantrekken, want zo kan Marco Polo het niet bedoeld hebben. Twee vijftigerstieten drukken zich door de stof heen. Ik durf te wedden dat Koos er inmiddels ook een potlood onder kan klemmen.*

Naast hem zit Ole op zijn laptop te zoeken naar wat een kamer kost.

'Je kan ook hier blijven, voorlopig,' zeg ik.

'Stop met dat gesmeek, mam.'

Lasagne extra lekker gemaakt, zodat hij langer thuis blijft wonen.

* Onder mijn eigen tieten kan ik tegenwoordig met gemak een laptop hangen.

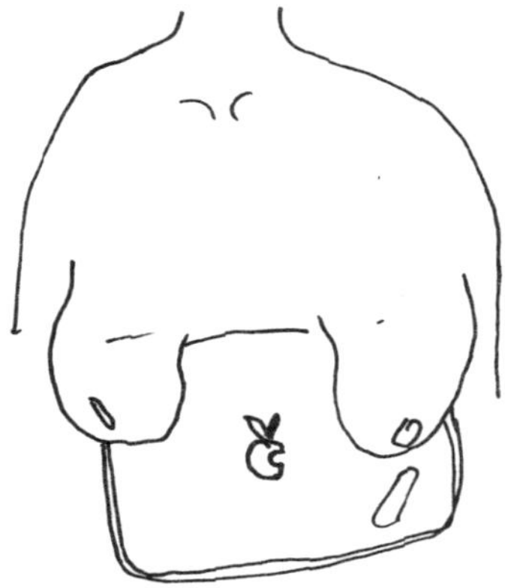

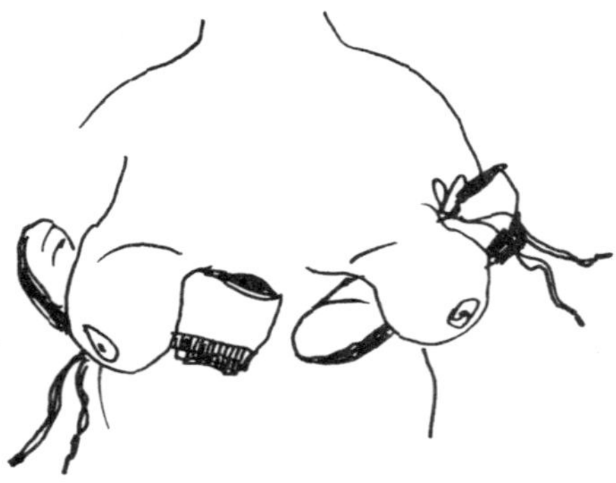

ZONDAG

08.10 uur
Jarig. Ik vier het niet. Koos heeft ontbijt op bed gebracht en Ole gaf me een geranium met een kaartje.

21.35 uur
Vanmiddag kwam Marieke even langs met de zoveelste saunabon die we toch niet gaan verzilveren. 'Om thuis te komen bij jezelf.'

Volgens mij kun je niet thuiskomen als je naar de sauna gaat, maar ze bedoelt het goed.

De bon is voor de Zwaluwhoeve. Dat is de Action onder de sauna's, met een natte plastic grasmat waar stukjes tosti op drijven. Die bon heeft ze vast weer voor twee tientjes gekocht op ticketveiling.nl.

23.10 uur
Koos kruipt voorzichtig tegen me aan en aait een beetje over mijn kont. Zijn hand gaat over mijn dijbeen richting mijn kruis. Ik heb geen zin. Dus pak ik op mijn beurt zijn bil even vast, maar met een andere intentie. Mijn hand maakt een veel speelsere beweging, met helemaal aan het einde een klein afrondend klapje. Meer grappig dan geil, je zou er het muziekje van *Klokhuis* onder kunnen zetten.

Koos geeft niet op en probeert onder de dekens de motor te starten. Beproefd recept, duizenden keren uitgevoerde handelingen; we kennen dit circuit allebei goed. En nu ik me eraan overgeef vind ik het eigenlijk best lekker. Laat Koos zijn gang maar gaan.

Ooit heeft hij uitgevonden waar hij precies moet zijn en wat ie moet doen. En daar gaat ie. Raider of the Lost Arc, op zoek naar de verborgen schat.

Ai. Te vroeg, toch. Het doet pijn als hij de Temple of Doom binnentreedt. Het is nog erger dan de vorige keer. Jezus, wat een dorre toestand. Ik probeer me erdoorheen te concentreren, maar het gaat niet.

Ik graai naar de tube Sensilube, die ergens achter in de la onder het bed moet liggen.

'Zal ik stoppen?'

'Nee,' zeg ik, want ik wil Koos laten zien dat het nog lang niet voorbij is met ons sexleven. Maar hoeveel Sensilube ik ook tussen mijn benen smeer, het is alsof hij een stadsbus door een fietstunnel duwt.

Hij probeert het voorzichtig opnieuw. 'Als ik moet stoppen moet je het gewoon zeggen, hoor.'

'Nee, het gaat prima,' zeg ik.

Koos vindt het niet erg om te stoppen. Ik krijg een kus op mijn schouder en dan valt hij in slaap. Tussen mijn benen is het één grote glijpartij. Het voelt als behangerslijm en ik moet denken aan de ontelbare keren dat ik met Ole een ballon met papier-maché beplakte. Laag over laag. En dan laten drogen. De volgende dag weer een laag, totdat het papier-maché zo hard was geworden dat we de ballon konden beschilderen. Daarna prikten we er een gat in voor een lampje, zodat het een lantaarntje werd waarmee Ole langs de deuren kon. *Elf november is de dag, dat mijn lichtje bra-han-den mag...*

16.05 uur

Ole zit tv te kijken. Opeens hoor ik een bekende stem. Het is Verstraete! Ik ren naar de woonkamer. De grote Verstraete wordt geïnterviewd over een internationale speelfilm die hij gaat regisseren: *De kersentuin*. 'Allez, 't is een monsterjob. Maar gelukkig wel met een giga budget.' Zijn Vlaamse tongval. Hij is nog precies zoals ik me hem herinner: zelfverzekerd, vastgekleefd aan een glas wijn. Vettige haarlok.

'Ik heb met hem gewerkt!' zeg ik tegen Ole. Ik gloei helemaal, en het is geen opvlieger. 'Ik was zijn muze.'

'Zijn wat?' Ole stopt een hand chips in zijn mond.

'Alle grote kunstenaars hebben een muze. Hij ook. Iemand die hen inspireert. Picasso had bijvoorbeeld...' Kut, waarom kan ik nou niet op haar naam komen.

'Meneer Verstraete, welke actrice gaat de hoofdrol vertolken?' vraagt de interviewster.

Verstraete neemt een slok. 'Wel, het probleem is dat het een oudere actrice zijn moet. Maar die zijn d'r nauwelijks. Want als ge 't op uw vijftigste nog niet gemaakt hebt, ai, dan zijt ge in onze industrie afgeschreven. Ge staat bij de vuilbak.'

'Net als jij!' zegt Ole.

'Ik ben negenenveertig.' Ik zeg het lachend.

16.15–17.00 uur

Op de wc zitten huilen. Gegoogeld op vuilbak.

00.22 uur

Ole heeft gelijk. Op de toneelschool wees mijn docent ooit een keer naar een stuk papier dat op de muur hing. Het was een tijdlijn met namen. 'Kijk,' zei hij, 'als je vijf jaar na je afstuderen nóg niet bekend bent, dan kun je het wel vergeten. Hier: Pierre Bokma, Gijs Scholten van Aschat, Carine Crutzen. Zij hebben het dus wél gered, maar voor hun jaargenoten wordt het steeds moeilijker.' We zijn nu bijna dertig jaar verder en ik word gepolst of ik in de fucking Efteling kom staan.

De afgelopen jaren speelde ik hier en daar een rolletje, maar nooit echt van betekenis. Het was telkens net genoeg om daarna weer WW te krijgen. Een theatervoorstellinkje hier, een bijrol in een serietje daar, dat was het wel.

Ziet Ole mij echt als mislukt? Ik heb altijd gewild dat hij later met trots aan mij zou terugdenken... Als die moeder die misschien een laatbloeier was, maar wat een kracht zat er in die vrouw!

PS WTF: 'Als ge 't op uw *vijftigste* nog niet gemaakt hebt, staat ge bij de vuilbak.' Ik ga mijn zoon laten zien dat ik bij de overlevers hoor. HET IS NOG NIET TE LAAT!! (Nog 12 maanden min 1 dag.)

DINSDAG

14.03 uur
Hoe heet die muze van Picasso? Niet googelen. Braintrainen.

16.54 uur
Ik ga voor 17.00 uur het castingbureau bellen.

17.01 uur
Niet nu, want het is te laat. Morgen is veel beter.

WOENSDAG

Coffee and Concepts, 12.30 uur precies
Eén keer per maand lunch ik op woensdag met Marieke. Dat doen we al jaren zo. Normaal eet ze haar boterhammetjes op het gemeentehuis, maar één keer

in de maand mag ze van zichzelf uit lunchen. Ze vindt deze plek zo fijn omdat er een goed espressoapparaat staat. Volgens haar smaakt de koffie bij de gemeente naar Cup-a-Soup.

Op het krijtbord staan brownies en worteltaart.

'Moeilijk kiezen,' zeg ik.

'Voor mij niet,' zegt Marieke.

'Want jij neemt een brownie?'

'Nee, niks van dat alles.' Ze kijkt vies naar het krijtbord.

'Aan het afvallen?'

'Ons lichaam heeft behoefte aan andere dingen dan vroeger,' zegt ze.

'Aan wat dan?'

'Groenten en peulvruchten. Gewoon, geen troep.'

Ik bestel expres een groot stuk worteltaart.

'Zou je dat wel doen?' vraagt Marieke. 'De salades zijn veel lekkerder.'

Ze liegt. Een salade is NOOIT lekkerder dan worteltaart. Het is alleen gezonder. Zeg dát dan.

Even later komt het meisje mijn worteltaart en een bulgursalade voor Marieke brengen.

Maar nu het stuk taart op het bordje voor mijn neus ligt, staat het me helemaal niet aan. Hier ligt gewoon iets gezonds. Ik neem een hap. Geen glazuur, geen vette cake, en een creamcheese-laagje zo dun als een postzegel.

Het plankdunne meisje loopt langs en vraagt of het allemaal smaakt.

'Nee, sorry. Dit is geen worteltaart.'
'O nee?' zegt ze.
'Er zit te veel wortel in.'
'U bestelde toch worteltaart?'
Randstedelijke kutserveerster. Ik zal het haar even uitleggen.
'Kijk. Normaal is de wortel in een worteltaart een dékmantel. Want wat worteltaart werkelijk moet zijn is een slagroompunt in een gezond jasje. Even vetmakend, en met net zoveel suiker, tenminste als ie echt góéd is. Het moet een stiekeme afspraak zijn tussen bakker en eter. En dat is dit niet. Dit is eerder nasi dan taart. Begrijp je?'
Het meisje loopt boos weg.
'Gaat het wel met je?' vraagt Marieke. Ze neemt een gigahap bulgur.
'Nee.'
Als ze uitgekauwd is, zegt ze: 'Je moet ook niet zoveel suiker eten.'
'Ik moet het castingbureau bellen,' zeg ik.

16.15 uur
'RUIM GODDOMME JE ROTZOOI EENS EEN KEER OP!'
Ik schreeuwde zo hard naar Ole dat mijn onderbroek nat werd. Fucking bekkenbodemspieren.

20.00 uur
De hele avond een kutruziesfeer in huis. Om het tij te keren probeer ik na het eten De Slof.
Ik trek mijn linkerslof uit en begin het sloffen-

gevecht. Ik meppen. Ole meppen. Tenminste, zo ging het vroeger. Net zolang totdat iemand beide sloffen bemachtigde en die in de lucht wist te houden. Dan was je de Slofkoning. En dan aftoppen met dat stomme dansje.

Maar hij wil het niet. Hij slaat me van zich af. 'Doe effe normaal, pedofiel.'

DONDERDAG

Ik loop Caroline van Bentvelt tegen het lijf! Beroemde Caroline! Zomaar op straat! Ze is een paar maanden in Nederland om een speelfilm te draaien. Een Amerikaanse productie natuurlijk, want ze is de Nederlandse markt allang ontgroeid. Ze ziet er nog fantastisch uit, eigenlijk net zo goed als op het scherm.

Ze nodigt me uit voor koffie, heel aardig.

Eigenlijk is ze niks veranderd. Niks arrogant 'ik heb het gemaakt'-gedrag. Ze heeft het meteen over onze afstudeervoorstelling op de toneelschool. 'Dat we met die hoe heet ie... Simons werkten! En over die tl-buizen moesten plassen, want dat vond hij zo'n mooi beeld!'

'En wij, ja hoor, meteen die broeken uit,' vul ik aan. 'En maar liters theedrinken van tevoren, anders waren we bang dat er niks uit zou komen.' Het is nu precies het omgekeerde, maar dat zeg ik er niet bij.

'Zie jij nog mensen van school?' vraagt Caroline.

Ze heeft nog steeds die prachtige krullen. Bijgehouden door een ongetwijfeld peperdure kapper.

'Alleen Josette spreek ik nog weleens,' zeg ik. 'Die heeft nu een act in een darkroom.'

Caroline vertelt over haar laatste rol. 'Zo'n award is natuurlijk een enorme erkenning, maar echt, je wilt niet weten hoe eenzaam ik me daarna heb gevoeld. Zit je daar in je loft met een dakterras zo groot dat ik een tuinman moet nemen. En ben ik dan gelukkig, vraag ik me af. Toch is het antwoord ja. En jij?' Ze neemt een slok van haar belachelijke bestelling: een extra hete latte macchiato havermelk met een dubbele shot decaf-espresso.

Haastig zeg ik dat ik een aantal audities op stapel heb staan. Ik krijg een zweetaanval en veeg mijn hoofd af met een verantwoord ongebleekt servetje.

'Zit jij in de overgang?' vraagt ze.

Ik knik.

'Dat kan ik me dus niet permitteren. Ik heb de hele handel destijds uit voorzorg laten weghalen.' Ze wijst naar haar buik. 'En jij?' Haar linkeroog loenst nog altijd sexy.

'Ik heb een prachtige puberzoon en een fijne vent die adjunct is op een middelbare school.'

'Fijne vent?' Zei ik dat echt? Het lijkt wel een interview in *Libelle*. Bij 'fijne vent' wordt er niet meer geneukt. 'Fijne vent' is een andere manier van zeggen: 'Geil is ie niet meer, maar hij kookt wel.' Het is nul stijve piemel. Nu denkt Caroline dus dat ik niet meer neuk. Nou en? Dat is toch ook zo? Waarom doe ik zo zenuwachtig?

'De ouderdom zit ons op de hielen, darling,' zegt ze. 'Maar gelukkig hebben ze daar echt fantastische dingen op bedacht.' Ze maakt met haar vingers een spuitgebaar bij haar gezicht. Dan kijkt ze om zich heen. 'Ik ken hier bijna niemand meer, na de toneelschool heb ik helemaal geen contacten onderhouden, stupid hè? Ik heb nu een appartementje gehuurd, hier om de hoek, voor de komende maanden. Kom een keertje langs!' Haar tieten zijn overduidelijk gedaan want ze bewegen niet mee als ze haar Hermès-tas pakt en opstaat.

Ik zie hoe strak ze in haar lijf zit.

Als ze me tegen zich aandrukt ruik ik iets heel duurs. 'Gimme a hug. Ik heb zo een doorpas.'

Op weg naar de tram flitsen de afgelopen vijfentwintig jaar door mijn hoofd. Zeker, ik ben gelukkig met Ole en Koos, maar verder? Het etiket 'niet meer neukbaar' zit al een hele tijd op mijn voorhoofd.

Caroline ziet er dankzij haar slimme ingrepen nog steeds lekker uit. En van onderen is ze vast nog helemaal heel. Dit in tegenstelling tot mijn onderkant, want na een bevalling van zesendertig uur, met het gevoel dat je een zeppelin naar buiten moet schijten, was het 'iedere-vrouw-is-hiervoor-gemaakt'-gevoel er wel een beetje af. En dat je kut er na de bevalling uitziet als een aan flarden geschoten kersenvlaai, had ik graag vooraf geweten. Dan had ik ter plekke de schaar gepakt, een keizersnee geknipt en Ole eruit gehaald. Fuck Beatrijs Smulders. Dan was zijn moeder tenminste iets meer héél gebleven.

PS Wat is er trouwens keizerlijk aan een snee? Het was toch de keizerin die die behandeling moest ondergaan? Waarom heet die snee naar een vent? Wie liggen hier nou al honderdduizenden jaren te lijden. WIE?!?

ZO VOEL IK ME NAAST CAROLINE.

VRIJDAG

Trots op mezelf: ik heb het castingbureau gebeld. De assistent was heel aardig. 'Natuurlijk zullen we aan je denken.'

21.30 uur

Dora Maar. Zo heette de muze van Picasso.

Notitieboekje kopen om dingen te onthouden.

ZATERDAG

Hierdoor weet je dat je echt oud begint te worden:

1. Dat je niet meer in een slimfit-broek voorover kunt buigen zonder out te gaan.
2. Dat je überhaupt niet meer in een slimfit-broek past.
3. Dat je oortjes in doet op de fiets zodat mensen niet denken dat je in jezelf praat, wat WEL zo is.
4. Dat je een boodschappenlijst in je telefoon maakt zodat je niks vergeet te kopen, maar in de supermarkt blijkt dat je je leesbril bent vergeten.
5. Dat je te lang met je winterjas doet. Dat ding slijt natuurlijk niet als je nauwelijks nog beweegt. Resultaat: model prehistorie.
6. Dat niet alleen over je haar maar ook over je tanden een grijze as-sluier hangt.
7. Dat je niets meer kunt af- maar ook niks meer kunt bijleren.
8. Middagdutjes.

9. Dat je playlist bestaat uit jarentachtigmuziek. ‘Begrafenisbagger’ volgens Ole.
10. Dat je alleen hakken draagt als je weet dat je ergens kunt zitten.
11. Dat de inkepingen van je bh-bandjes niet meer uit je schouders verdwijnen.
12. Amalgaamvullingen.

ZONDAG

Of we dan tenminste nog een biertje konden gaan drinken voor mijn verjaardag, had mijn broer gevraagd. We zitten aan de bar.

'Fotomodelletje.' Broer duwt zijn telefoon onder mijn neus. Ditmaal heeft hij een bijna twee meter lange vrouw aan de haak geslagen. Ze heeft een kaal hoofd en piercings door haar lip en neus. Onbeschrijflijk knap.

'Ze is kaal!'

'Boven de boomgrens groeit niks.' Hij lacht.

'Waar heb je haar nou weer vandaan?'

'Hád.' Hij ruikt aan zijn vingers en duwt ze onder mijn neus. 'Van Down the Rabbit Hole. Maar het is gelukkig alweer van toedeledoki.'

'Waarom?'

'Wilde te veel. Eisje hier, eisje daar...'

Daar waar bij mij deuren dichtgaan, openen ze zich juist voor mijn broer. Vrouwen staan in rijen te dringen. En dat terwijl hij maar twee jaar jonger is dan ik.

'Ik laat je iets zien,' zegt hij. 'Straal toevoegen. Wat zullen we doen, twee kilometer? Nou effe wachten.' Hij neemt een slok van zijn bier, laat een boer waardoor ik de bar voel trillen en kijkt weer op zijn telefoon. 'Hier. Gratis en voor niks. Ik hoef niet eens in de auto te stappen.'

Ik zie een trits vrouwen op zijn telefoon voorbijkomen, de ene nog mooier dan de andere. Allemaal hebben ze hem geliket, allemaal hopen ze op een match.

'Kijk, de leeftijd maakt mij niet zo uit, maar onder de dertig, dat is wel over het algemeen, no offence zussie, een stuk lekkerder. Alhoewel, ik heb ook weleens een meisje van drieëntwintig gehad en daar kon je een speurtocht in houden. Deze wordt het vanavond.' Op het scherm een bloedmooie dame met wimpers van een meter. Hij swipet het beeld naar rechts: match.

'Maar heb je dan geen behoefte aan iemand van je eigen leeftijd? Gewoon; wat meer levenservaring? Die vorige moest je zelfs uitleggen wie Churchill was. En jij maar achter haar aansjokken naar al die zomerfestivals.'

'Jong van geest.'

'Je kende geen enkele band die er speelde. En je hield er ook nog een hernia aan over omdat ze zo nodig de hele tijd op je nek moest. Jij wilde dit niet meer, zei je laatst nog. Ben je dat alweer vergeten?'

Hij bestelt nog twee bier en ik zie aan de kringen onder zijn ogen hoe moe hij is. De frons tussen zijn wenkbrauwen heeft hij laten wegspuiten; ook daar is hij zo glad als een spiegel.

MAANDAG

Stond in de Hema en wíst dat ik nog iets moest kopen. Pijnigde mijn hersens aan flarden om te weten wat. Lukte niet. Thuis wist ik het weer: notitieboekje om dingen te onthouden.

WOENSDAG

Ik ben zo moe de laatste dagen. Raar moe. Elke middag heb ik het gevoel dat er een sloopkogel tussen mijn ogen wordt geramd. Het liefst doe ik dan tien minuten mijn ogen dicht op de bank. Maar meestal wordt het een uur. Of twee. Zo schiet het natuurlijk niet op met mijn carrière.

'Laten we voor de zekerheid even een bloed- en een urinetest doen,' zei de huisarts vanmiddag.

Ik mocht net van mezelf even googelen op uitvaartverzekeringen.

NIET VERGETEN: Morgen naar het lab!!

DONDERDAG

Om halfzeven vanochtend stond ik trappelend mijn plas op te houden met een blaas zo gespannen als een skippybal, want eerst moest er nog geharkt worden naar een leeg potje met passende deksel in de gangkast. Natuurlijk stonden er alleen maar potten met keiharde kwasten in een laag terpentinedrab. Uiteindelijk vond ik een leeg ansjovispotje, zo'n ding waarvan je nooit weet of er nou een schroef- of een klikdeksel op zit. En toen kwam het aan op beheersing, rustig plassen om de straal op te vangen EN DUS NIET ALSOF JE DE ONDERKANT VAN DE STORTBAK ERAF TREKT.

11.00 uur

Het regende. Tien keer ben ik met mijn plastic tasje aan het stuur heen en weer gereden door de opgebroken smalle straat. Een dikke, grote, openliggende straatwond met eromheen ijzeren hekken, met nat zand waar je fiets steeds scheef in gaat.

Toen ik eindelijk in het kamertje van het gezondheidscentrum zat probeerde ik me te ontspannen. Bij de woorden ‘U mag de vuist loslaten, hoor’ voelde ik me licht in mijn hoofd worden. Het verdict zat in een buisje, sticker erop, glimlach van de mevrouw. ‘Hebt u de plas mee? Ach, u hebt zelfs een eigen potje meegebracht.’

‘De eerste plas van vandaag.’ Ik zei het nog trots ook.

‘Dat hoeft allang niet meer, hoor. De concentraties van de stoffen zijn dan veel te hoog. De tweede of derde plas is beter.’

Ik wilde haar toch het volgepiste ansjovispotje geven, maar het bleek dus bij nader inzien een schroefdeksel en geen klikdeksel: de Gall & Gall-tas zat vol zeik.

‘Geeft niks, hoor. U mag het even hier op het toilet overdoen.’ Ze knipoogde en gaf me een plastic potje mee.

Thuis mocht ik een halfuur googelen. Hier heb ik op gezocht:

– wie de vriendin van Ryan Gosling is;
– hoe Jozef Fritzl er nu uitziet;
– vergrootspiegels (30×) met een lampje erin;

– ruïnes in Italië;
– bij hoeveel glazen alcohol per week je een alcoholist bent.

MAANDAG

Het castingbureau heeft gebeld!!!

Ole zei toen hij thuiskwam: 'Hou eens op met dat irritante geneurie!'

DINSDAG

Coffee and Concepts
'Ik kan niet te lang blijven, ik heb zo een auditie.' Ik zeg het meteen als ik binnenkom.

Caroline ziet er zo goed uit dat ik me naast haar een Boekenweekgeschenk voel.

Zo'n jurkje tot net onder haar (prachtige) kont, een bloedmooi gouden collier en dan een simpel Marokkaans muiltje aan de voeten. Alles magistraal doorgecombineerd met een handtas die evenveel kost als mijn auto.

'Met zo'n jurk zou ik eruitzien als een nijlpaard in een babydoll.'

'Honey, je ziet er nog heel goed uit, weet je dat? Je hebt mooie benen.'

Caroline neemt een trek van haar e-sigaret. 'Ik ben bezig met de onderhandelingen voor een nieuwe film.'

'Weet je al met welke acteurs?'

'You don't want to know.'
De stoel drukt mijn bovenbenen plat. Ik zie een landschap van putten. Het lijkt op een pizzabodem uit het koelvak.
'Ryan Gosling. Maar die mag je niet in zijn ogen kijken als je met hem speelt, dus dat wordt lastig.'
'Waanzinnig, Caroline!' (Hier moet ik van leren.) 'Heb jij zelf het contact gelegd met die producent?'
'Dat gaat anders in LA, darling. Die legt contact met jóú. Hij had me zien spelen in *Angels in America*.'
De serveerster komt aangelopen.
'A frappuccino please met sojamelk? En jij?' vraagt Caroline.
'Gewoon koffie,' zeg ik.
'Je auditie zo meteen. Wat is het? Iets leuks?'
'Een rol in een serie, ik moet nog even kijken of het past in de lijn van mijn carrière.'
In mijn telefoon piept een agendamelding op. Caroline kan meelezen op het scherm.
AUDITIE DOOIE VROUW staat er.
'Dooie vrouw?'
'Nou, ik ben niet meteen dood. Pas aan het eind van de eerste aflevering.'
'Geen vaste rol?'
'Tenzij ik weer levend word.'
Ze kijkt me aan met een blik alsof ik net heb verteld dat ik kanker heb. Op de grond ligt een houten roerstaafje.
Dan zegt ze: 'Jij kan overal iets van maken.'
Jij kan weer andere dingen, zou mijn moeder zeggen.

Ze legt haar hand op mijn knie. 'Er komt echt wel weer wat, darling. Op je eigen kracht blijven vertrouwen. Ga anders mee naar die première volgende week. Dat is goed voor je. Beetje netwerken.'

21.10 uur

Auditie ging moeizaam. Niet over nadenken. Ontspan. Het was maar een opwarmertje. Een voorbereiding op het echte werk. En bovendien: ik ben aan het einde van de eerste aflevering toch al dood.

Een uur (tegen alle regels in) op Carolines Insta zitten gluren (1,4 mln volgers). Haar huis in LA ziet eruit alsof het zo uit de *Residence* is gescheurd. Niet te groot, veel hout, prachtige plavuizen. Op het belachelijke af smaakvol. Tags van een interieurdesigner. Die weer gegoogeld. Heeft ook het interieur van de dochter van Mick Jagger gedaan. Industrieel vermengd met precies de goede dosis vintage. Ingevlogen vintage natuurlijk, want in LA hebben ze geen vintage, behalve Renée Zellweger.

DONDERDAG

Ole wil nu opeens toch weer naar de politieacademie.

VRIJDAG

Er is niks mis met mijn bloed, en er zitten ook geen verdachte dingen in mijn urine. Alleen mijn nieren werken iets trager. De huisarts zei aan de telefoon dat dit normaal is OP MIJN LEEFTIJD en dat ik me geen zorgen hoef te maken. Maar dat doe ik wel. Ik heb tegen Koos gezegd dat ik nog zoveel leuke dingen met hem had willen doen.

16.17 uur
Castingbureau belde. Rol van dode vrouw gaat toch naar iemand anders. Daarna zo hard gevloekt dat ik weer een natte onderbroek had.

18.24 uur
Besloten de afwijzing op te vatten als een compliment. Ik word nog niet geassocieerd met dode vrouw!

20.15 uur
Doorzetten nu. Caroline gebeld en gevraagd of ik nog mee kan naar de première.

'Dat hoopte ik al, darling.'

Bingo. Maar wat moet ik aan? Het is te lang geleden dat ik naar een première ben geweest. Zij draagt Dior. Dat weet ik, want dat staat op haar Insta. Ole vindt het trouwens belachelijk als ik 'Insta' zeg. 'Gewoon Instagram voor jou.' Ik voelde me betrapt toen hij dat zei.

PS Caroline appte of ik het leuk vind als ze met me meegaat om een jurk uit te zoeken.

PPS Vragen aan huisarts of het normaal is dat mijn kraan lekt.

Straks toch maar alleen naar de stad. Als je kleren gaat kopen altijd iemand meenemen die lelijker is dan jij. Of ouder, of dikker. Dus Caroline: nee. Jack van Gelder: ja.

11.49 uur
Met een flinke stapel jurken sta ik in de paskamer, ik heb me uitgekleed tot op mijn bh en onderbroek. Als ik over mijn schouder in de spiegel kijk zie ik een verzakking in mijn rug. Zowel onder mijn rechter- als mijn linkerschouder zit een vouw. Wacht, ik krimp natuurlijk! Het is geen kwestie van te veel gegeten hebben; botontkalking begint al na je veertigste. Ik krijg een steeds kleiner skelet, en dus te veel vel. Vandaar dat mijn buik ook dikker lijkt.

Het lichtontwerp in het pashokje moet bedacht zijn door iemand van onder de vijfentwintig. Door de hoge lichtinval is mijn voorhoofd buiten proportie en zitten er grotten onder mijn wenkbrauwen. Alsof de grimeurs van *Lord of the Rings* bezig waren om een Orc van me te maken maar halverwege zijn opgestapt. En nu wil die Orc een paar jurken passen. De eerste komt tot onder de knie en heeft een kanten bovenlaag. Op de hanger heel leuk. Nu ik hem aanheb lijk ik op een uitgetreden non.

'Kan ik wat aannemen?' vraagt het winkelmeisje.

'Ja, dat het voor geen meter staat.'

ZONDAG

Stomme dingen:
1. Als ze in de winkel zeggen: 'Ik heb hem zelf ook.'
2. Zangeressen met een kreun aan het begin van iedere zin (Corinne Bailey Rae).
3. Volwassenen die zeggen: 'Hoe leuk is DAT?'
4. Mensen die inademen terwijl ze 'ja' zeggen.
5. Linnen blazers.

15.28 uur
Ik was op de bank in slaap gevallen. Ole kwam thuis en ik werd wakker van zijn 'Het lijkt hier wel een mortuarium.'

DINSDAG

NOG STEEDS GEEN JURK!

Er hangt nog wel een 'perfect black dress' in mijn kast: een lange zwarte kokerjurk van rekbare stof. Zo'n ding waarvan iedereen ooit riep: 'Die laat je vormen goed uitkomen.' Maar toen ik hem vanochtend aantrok leek ik op een slang die een gnoe had ingeslikt. Het correctieondergoed maakte de boel alleen maar erger. Waar blijft trouwens het correctieondergoed dat correctieondergoed corrigeert?

Caroline geappt. Ze belt meteen terug. 'Ik heb iets voor je. Een Edwin Oudshoorn. Tijdloos.'

'Mag ik die van je lenen?'

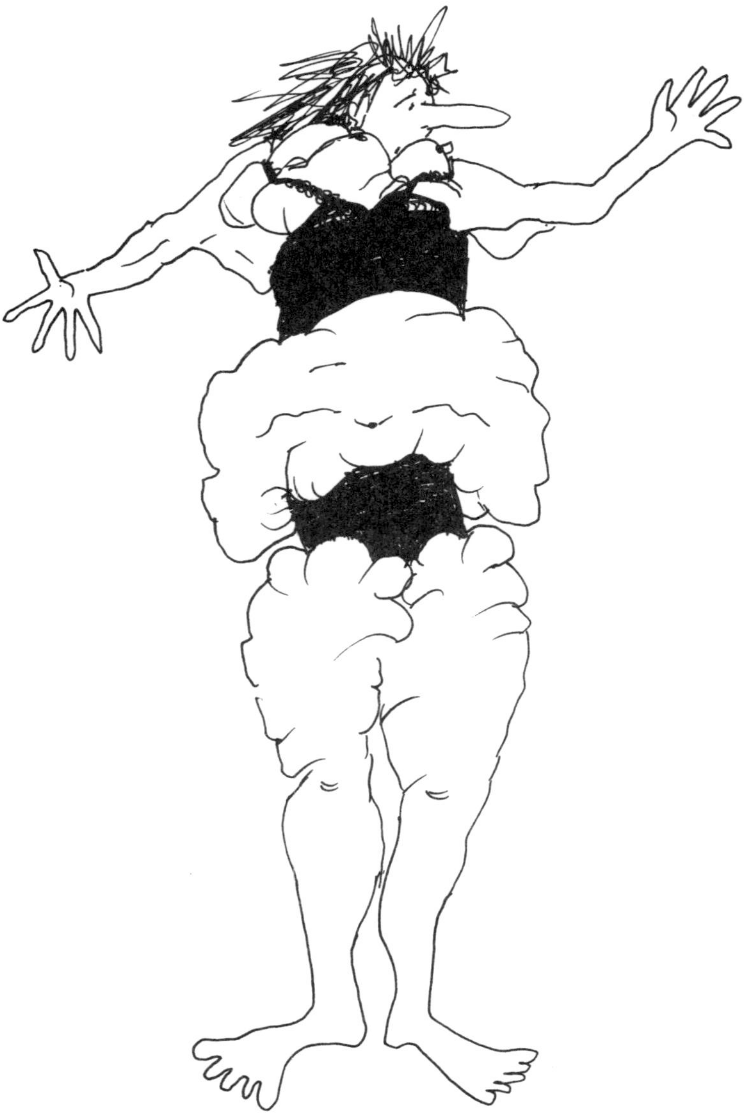

correctieondergoed

'Je mag hem hebben. Nóóit twee keer met dezelfde dress op de rode loper, sweetie. Niet voor mij. Kom hem morgen even halen op de set.'

WOENSDAG

Een groot deel van de gracht is afgezet. Ik moet eerst langs een locatiebewaker die door een porto meldt dat ik er ben. Caroline komt aanlopen in een catsuit met hoge witte laarzen. Ze trekt me haar camper in. 'Pas hem eerst even.' De jurk is een roomwit zijden geval met een wijde hals. Het voelt echt zo stom om nu in mijn Hema-ondergoed te gaan staan, maar Caroline draait me rond voor de spiegel als in een *Pretty Little Liars*-scène.

'Doen,' zegt ze.

WOENSDAGNACHT

01.40 uur

Ik kan niet slapen en trap het dekbed van me af waardoor Koos opnieuw wakker wordt.

'KAP NOU EENS MET DAT GETREK!'

'Kun je het raam openzetten?' vraag ik.

'GODDOMME, het stáát al open.'

02.15 uur

Oxazepam genomen. Ik bedoel een halve.

DONDERDAG

Vanavond première.

Ik probeer mijn haar in model te krijgen met een krultang. Mijn kapster Kylie heeft het de vorige keer nog wel zo goed voorgedaan. Maar na vier minuten heb ik al een tennisarm: ik bel Kylie.

'Gebruik je chi-tang, schat. Dan begin je aan de buitenkant met het indraaien van de lok en rol je de tang vervolgens naar je hoofd toe. Na een kwartiertje zie je eruit als een Hollywoodster.'

Het is nu een halfuur later en ik weet niet welke Hollywoodster ze bedoelt. Er hangen twee pijpenkrullen aan de voorkant van mijn hoofd, terwijl mijn haar aan de achterkant nog helemaal plat is. Ik zie eruit als een ouwe orthodoxe jood. Beneden roept Koos of ik weet waar die brandlucht vandaan komt.

Waarom ben ik toch zo zenuwachtig? Ik heb Caroline vanavond aan mijn zijde: hoe cool. Ik hoef alleen maar een beetje te netwerken met regisseurs en zo. Ik ben misschien wat ouder maar vanbinnen nog steeds de actrice die ik ooit was. En... ik heb tenslotte met de grote Verstraete gespeeld. En hoe. Ik was zijn muze. Of een van de. En misschien maar voor één voorstelling; maar dan nog.

Ik spuit met mijn wonderbusje mijn uitgroei bruin en steek al mijn haar omhoog, inclusief de pijpenkrullen. Fuck de chi-tang.

VRIJDAG

10.21 uur
Als ik onder de dekens uitadem ruikt het naar studentenvereniging. Vroeger kon ik drinken wat ik wilde, dan klokte ik daarna een paracetamol weg met twee liter water en stond ik 's ochtends op alsof er niets gebeurd was. Nu voelt het alsof ik een nacht lang aan een trekhaak over straat ben gesleept.

Gelukkig zijn Koos en Ole allang weg. Hoeven ze me niet zo te zien.

GISTERAVOND

Caroline zag er prachtig uit. Ze droeg een pak van Dior. Klassiek, met een beregeile rode pump eronder. Ze stond erop dat ik op de loper naast haar bleef.

'Wie is dat?' vroeg een fotograaf.

Caroline trok mij erbij. 'Mijn vriendin.' Ik gloeide van trots.

Bleke make-up, had ze gezegd. Bleke make-up ziet er het mooist uit op de foto's. Om het te verduidelijken had ze foto's van zichzelf laten zien mét en zónder make-up. 'Kijk,' zei ze, 'die eerste is mooi, stylish, glamour. En bij deze,' ze wees naar de tweede foto, 'rukt de brandweer uit.' Natuurlijk had ik haar advies opgevolgd.

Toen we binnenkwamen liepen we een acteur tegen het lijf die ik kende van *12 steden 13 ongelukken.* Nadat hij Caroline een debiel voorzichtige handkus had gegeven draaide hij zich om naar mij. Ik bleef maar denken: hoe heette deze fluim ook alweer? Iets met een s? Met een a?

Hij was me voor: 'Ik zie je denken: wat een goddelijk pak.'

'Inderdaad, je hebt een fantastisch pak aan,' zei ik toen maar. Rood met witte biezen, en een voering van roze zijde.

'Zeg, voel jij je wel goed?' Hij keek me onderzoekend aan. 'Je ziet eruit als een dooie mimespeler.'

Nooit naar een afterparty gaan als je niet zo goed in je vel zit. Caroline was al naar huis. ('Altijd gaan vóórdat het uit de hand loopt, love.')

Wanneer je twintig, dertig bent, en je hebt veel te veel op, dan kan het nog wel iets hebben. Een ander kan denken: een dronken vrouw is een engel in bed, en als jij er zelf ook zin in hebt, en je bent in staat om op een sexy manier over je nek te gaan, niks aan de hand. Goddank is dat vannacht niet gebeurd want een vrouw van mijn leeftijd die staat te projectielkotsen is niet geil. Je hebt geen sexappeal meer zoals Cameron Diaz. Nee. Zo'n dikke paarse wijntong in combinatie met vergeeld gebarsten tandglazuur maakt een piemel niet stijf. Maar Koos vond het helemaal niet erg. Ik mocht gewoon naast hem liggen. Hij gaf me een kusje en zei dat ik maar moest gaan slapen.

ZATERDAG

Ik miste vandaag opeens George Michael.

ZONDAG

Waarom heb ik niet genetwerkt op de première? Daar ging ik tenslotte voor! Ik moet Amerikaanser gaan denken. 'Yes, you know me! I worked with the big Verstraete.' Dit natuurlijk alleen als het een Amerikaanse regisseur is, anders gewoon in het Nederlands. Nog steeds pijn aan mijn knobbels van die kuthakken.

Mijn voornemens voor een volgende première:

1. Stap op een regisseur af met een goede openingsgrap, bijvoorbeeld ... (nog invullen)
2. Begin over zijn of haar laatste productie en geef daar een positieve maar licht kritische noot bij, bijvoorbeeld ... (nog invullen)
3. (Nog invullen)

MAANDAG

Caroline belt me al vroeg. 'Je moet je er niks van aantrekken. Het zijn allemaal losers, die roddeljournalisten.' Ik snap niet waar ze het over heeft, maar kennelijk sta ik in de *Privé,* in de rubriek 'Toppers of Missers'. Caroline raast door: 'Het zegt niks over jou, of hoe je eruitzag, want het is en blijft een mooie jurk. Hoor je me? HET IS EEN MOOIE JURK.'

09.02 uur

Meteen de *Privé* gekocht.

Champagneglaasjes dienen als compliment-graadmeter voor je outfit, variërend van één glas (bij Connie Breukhoven: 'Dit slaat echt alles, wat wil Connie hiermee zeggen? Mummie meets Versace?' tot vijf glazen (bij Kim van Kooten: 'Ongelooflijk, wat een stijl, wat een allure, en dan die benen, daar lijkt maar geen eind aan te komen.').

> *'Naast de beeldschone Caroline van Bentvelt staat een vriendin. Haar jurk lijkt wel een braadzak. Om het plaatje af te maken had ze er beter een stel ovenwanten bij aan kunnen trekken.'*

Het is een fckng Edwin Oudshoorn! Heb dertien minuten naar de foto gekeken (te lang). Ik zie er ongezond uit. Mijn hoofd is zo wit in vergelijking met mijn nek dat het lijkt of die op mijn lichaam gefotoshopt is. Je moet je foundation natuurlijk wel even doortrekken naar je decolleté, schat. Dat leerden we al op de toneelacademie. Nu lijk ik op een indiaan met een pond bloem op zijn gezicht. De jurk is nog steeds mooi, maar het had ook een beschermhoes voor tuinstoelen kunnen zijn.

Naast de foto vijf gebróken champagneglazen.

'Consider this, hon,' appt Caroline, 'je staat wél in de *Privé*.'

DINSDAG

Het maakt ook eigenlijk niks uit, er is toch niks meer aan te doen. Ik ben meteen in de keukenkastjes gaan grazen. Soepstengels en rijstwafels natuurlijk links laten liggen. Zoet en vet wilde ik. Vooral het rondje en de grote rechthoek van de Tony Chocolonely. Ook een hard geworden eierkoek van Ole, een stel bejaarde after eights en een wit uitgeslagen pindarots naar binnen geschrokt.

WOENSDAG

Ik heb een vrouw gevonden die zich gespecialiseerd heeft in natuurbehandelingen tegen vermoeidheid. Ik moet fit worden, als een feniks herrijzen. Die regisseurs en producenten zullen straks een frisse, sterke, in-de-kracht-van-haar-leven staande vrouw tegenover zich krijgen. Een soort Esther Perel meets Joanna Lumley. Ouder, maar echter.

De komende tijd moet ik van haar zakken vol peperdure Chinese medicijnen naar binnen werken. Geperst hooi in tabletvorm. Ik voel me net Stampertje. Maar goed, de natuurvrouw beweert dat 'je hart de Keizer van alle emoties is', en dat ik, door al dat konijnenvoer, uiteindelijk weer naar die Keizer zal kunnen luisteren. Want die Keizer wijst ons, vrouwen, de weg vanuit Zijn Toren, van waaruit Hij alles kan overzien. Bovendien zegt ze dat in China een vrouw in de overgang een heilige status heeft. Oudere vrouwen worden daar met groot respect behandeld en geëerd. Als het tijd is om te gaan sterven worden ze op de rug van een kleinzoon steile berghellingen op gedragen. Op de top mogen ze dan in een prachtige hut op de dood wachten, rijkelijk voorzien van drank en spijzen. Het lijkt me wel wat. Alsof je mij in een verwarmd, romantisch verbouwd tuinhuisje zou zetten, met elke dag verse stroopwafels en een stapel woonbladen. Een beetje zoals Roald Dahl zijn boeken schreef, in zo'n verweerde leren stoel en overal kaarsjes...

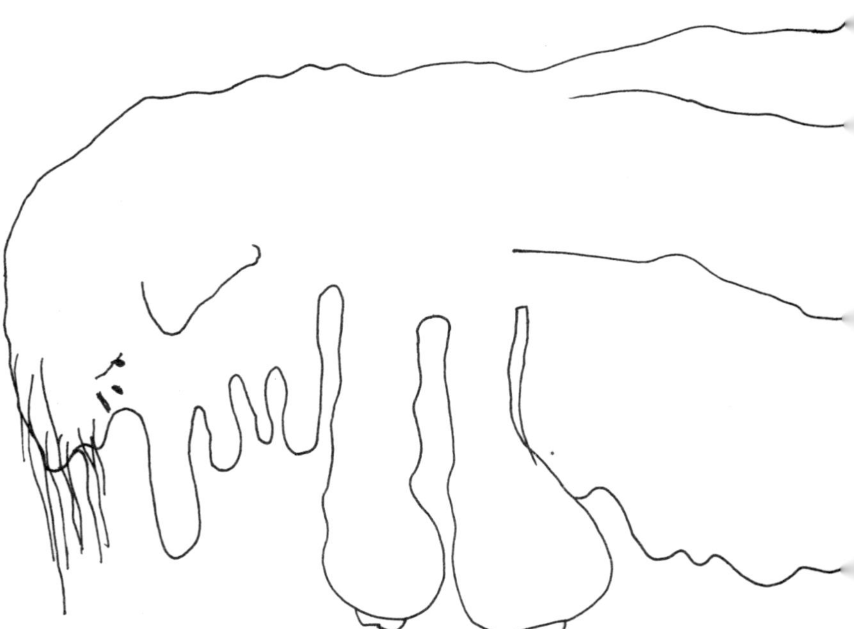

DONDERDAG

Vandaag werd ik uitgescholden toen ik op de fiets zat. Het was een jongen van Oles leeftijd. Hij schreeuwde: 'Kijk uit je doppen, godverdomme!' Ik voelde me trots dat hij 'je' zei, en geen 'u'.

VRIJDAG

We lopen door het park. Dat Chinese konijnenvoer helpt nog niet. Ik voel me geradbraakt.

'Kijk, dat is toch prachtig?' zegt mijn moeder. 'Al die bruine en rode kleuren.'

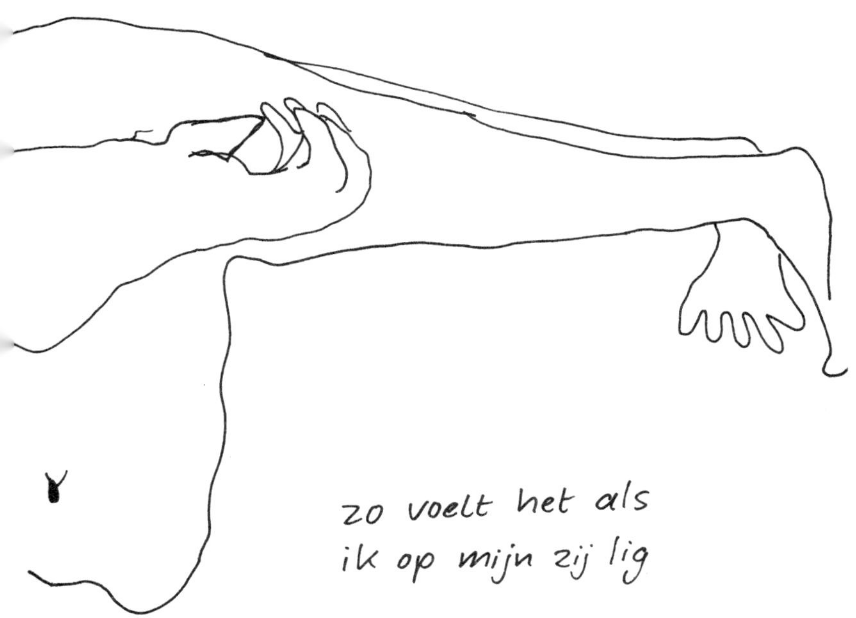

vrouwen
met
muntthee

'Hou toch op, mam, straks komen al die krokussen weer uit de grond en dan denk ik: ja hoor, daar gaan we weer, wéér een lente, wat een gedoe allemaal.'

'Wat zeg je?' Ze kijkt met samengeknepen ogen en één oor mijn richting op. Haar dove blik.

'Waarom heb je je gehoorapparaat niet in?'

'Hij jeukt.'

Op een terrasje graaft ze in haar handtas naar haar pillen. 'Je moet niet zo mopperen. Het gaat vanzelf over. Jij bent altijd zo...'

'Zo wat, mam?'

'Jinek. Dat vind ik een leuke vrouw. Sterk. Optimistisch. Daar moet je een keer naar kijken. Dag mevrouw, ik wil graag thee maar niet met van die takjes.'

Het meisje tikt de bestelling in op haar apparaatje. Ze heeft blauw gelakte nagels en slanke vingers. Geen ouderdomsvlekken.

'Wat gaan we doen met kerst?' vraagt mijn moeder.

'JEZUS! BEGIN JE DAAR NU AL MEE?'

Ze haalt haar gehoorapparaat uit haar tas. Geen normale reactie van mij. Hierover praten met de huisarts. Het ding piept als ze hem in haar oor stopt.

En ik wilde nog wel zo graag dat we vandaag een keer zo'n ontspannen moeder-dochtergesprekje uit een RTL-serie zouden hebben.

ZATERDAG

Mijn top 5 van lekkerste dingen ziet er nu zo uit:

1. een hoofdmassage van mijn kapster Kylie;
2. een tompouce van de bakker en die dan staand bij de fiets naar binnen schrokken;
3. dat je administratie gedaan is, en het gevoel nét daarna;
4. het moment dat je in een warm bad stapt;
5. sex als ik eenmaal geil ben.

(De laatste valt eigenlijk af, want dat gebeurt bijna nooit meer en het verschil met nummer 4 is wel erg groot. Een warm bad is alles tegelijk: troost, rust en uitstel van stomme dingen.)

ZONDAG

Ole mag kiezen waar we dit jaar met de jaarwisseling naartoe gaan: naar een (betaalbare) Europese hoofdstad of naar de sneeuw.

Ik hoop niet dat hij voor wintersport kiest, want de vorige keer dat ik het probeerde zei hij: 'Het ziet er meer uit als revalideren dan als skiën, mam.'

20.20 uur

Hij kiest voor wintersport.

MAANDAG

09.30 uur

Het is het castingbureau. Zenuwachtig neem ik op.

'Kun jij eigenlijk een beetje zingen?'

'Pardon?'

'Heb je dat weleens gedaan? Zingen?'

'Eh... ik ben geen zangeres, maar ik zie mezelf wel als een actrice die kan zingen.' Ik vind dat ik best zelfverzekerd klink. En ik heb in ieder geval geen Corinne Bailey Rae-kreun.

'Mooi. We willen je uitnodigen om een auditie te doen voor een musical.'

10.35 uur

Ik kreeg het lied net toegestuurd. Het is de bekende musicalkraker 'Telkens weer'. Ik haal de hoogte gemakkelijk en merk hoe leuk ik het vind om weer te zingen. Op de toneelschool kreeg ik er goede beoordelingen voor. Vooral voor de liedjes die je een beetje verhalend moest brengen.

21.30 uur

De lunch met Marieke volgende week moet ik verplaatsen vanwege de auditie. 'Woensdag is woensdag,' zegt ze. 'Ik kan dat niet zomaar verzetten.' Ik hoor haar bladeren in haar agenda en verdenk haar ervan dat ze onze lunchafspraak voor het hele jaar heeft gehighlight met een markeerstift.

01.30 uur
Ik kan niet slapen.

Ik stel het me helemaal voor. Daar zitten we dan, heel gezellig, met z'n allen in de bus onderweg naar de schouwburg in Zoetermeer of Groningen, om daar te mogen zingen. Er zijn thermoskannen met gemberthee en heerlijke roddelverhalen. En ik hoef me niet te bewijzen, want dit is niet mijn natuurlijke habitat en dat weten zij ook, ze vinden het gewoon fantastisch dat ik als ervaren actrice meedoe met de ploeg; er is geen spoortje jaloezie of nijd, dat hebben we allemaal allang achter ons gelaten. Iedereen in de bus heeft een opgeruimd karakter, niet van die zware stemmingsacteurs met Shakespeare-drama's. Nee, gewoon een opgemonterde troep mensen zoals in *Jesus Christ Superstar.*

DINSDAG

Opnieuw bij de natuurvrouw. 'Er lopen meridianen door je lichaam. Die moet je vergelijken met innerlijke snelwegen. Ik ga die routes beïnvloeden zodat jij je innerlijke koers weer weet te vinden.'

Ze zet een hele zwik naalden in mijn lijf. Het doet zo gemeen pijn dat ik me moet inhouden om niet haar onderkaak eraf te trappen.

Wanneer al mijn innerlijke snelwegen zijn bereikt, legt ze een stoffen zakje met warme kersenpitten op mijn schenen. Het voelt alsof er iemand over mijn voeten plast. Niet per se vervelend.

Dan zet ze muziek op. 'Hoor je de narwal? Die gaat jou helpen bij het ontspannen van je innerlijke snelwegen. Dolfijnen communiceren op een heel rustgevende manier met elkaar.' Ik spits mijn oren waar vier naalden ter grootte van satéprikkers in staan en hoor het inderdaad: een slaapverwekkend hoog gezang. De narwal werkt. Mijn A2 wordt afgezet. Ik zak weg in een diepe, loodzware slaap. Tot de tijd om is en ze de naalden uit mijn lichaam trekt.

WOENSDAG

Ik heb vandaag meteen maar de wimperpokon besteld die Caroline ook gebruikt. Ze krijgt er van die loeilange Instagram-wimpers van. Wel de iets goedkopere variant natuurlijk, we willen nog op vakantie.

DONDERDAG

Hele dag mijn zonnebril opgehouden. Die wimperpokon werkt bij mij niet. Gegoogeld en nou blijkt dat het spul een ernstige oogziekte kan veroorzaken. Op mijn oogleden zitten nu bijna geen wimpers meer; ze lijken op de schaamlippen van een twaalfjarige.

VRIJDAG

Ogen nog steeds gezwollen.

21.30 uur
Ik stond te zingen onder de douche en het klonk echt goed. De octaven rolden steeds makkelijker mijn keel uit. 'Maar telkens weer, denk ik er komt er een... waar ik alleen voor léééééf, mijn hart aan gééééééf...'

Toen ik uit de douche kwam had Koos zijn koptelefoon op.

ZATERDAG

Zon. Ik voel me meteen een stuk beter! (En mijn ogen gaan ook weer een stukje verder open.)

Voor de auditie wil ik per se mijn bloemetjesjurk aan. Die is zo... opera... en volks. Maar dan moet ik er wel een goede bh bij hebben. Zo een die de boel echt ondersteunt. En passant sexy. Nigella Lawson. Ja, dat is het. Mijn tieten moeten al dente zijn. Niet te nadrukkelijk aanwezig, maar met bite. Ik wil precies de goede homemade-spaghettisaus-uitstraling hebben.

Ik ben altijd heel gelukkig geweest met mijn tieten. Ooit stond ik vooraan met uitdelen, waardoor ik nu vooraan met oprapen sta. Mag het? Wat die jongens niet moeten hebben doorstaan! Ole heeft eraan gelurkt en kolfpompen hebben eraan getrokken.

Ze zijn urenlang in zweterige sport-bh's heen en weer geklotst, ze zijn verbrand door de zon, ingesmeerd, aangestaard, en dus nu zijn ze MOE. Net als ik, trouwens.

Een jaar of twee geleden ben ik van een D- naar een H-cup gegaan. Normaliter bestel ik mijn bh's bij een winkel die gespecialiseerd is in grote maten. Laatst heb ik daar een nieuwe sport-bh besteld. Uit de doos kwam een gigantische zwarte toestand van stof, met enorme stalen beugels. Ik liet het ding aan Koos zien en die vroeg waarom er geen haringen bij zaten.

ZONDAG

Besloten om vandaag toch maar naar een lingeriewinkel te gaan. De tijd begint te dringen en ik wil er bij de auditie gewoon goed uitzien.

Als ik binnenkom loop ik meteen door naar het pashokje. Waarom hebben ze hier lachspiegels, vraag ik me af.

'Ik kom zo bij u,' zegt de verkoopster.

Tien jaar geleden had dit nog iets, dit spel van jezelf uitkleden, bedoeld om straks een ander en jezelf op te winden. Ik denk aan de keren dat ik in een string zo groot als een haarelastiek voor Koos over de grond krioelde.

En dan dit. Ik kijk in de spiegel en zie een ruïne. 'Een opknappertje voor de echte klusser.' Mijn armen zijn pafferig en mijn buik hangt als een lekke rubberboot over de rand van mijn onderbroek. Mijn romp heeft nog het meeste weg van een polenta-prak. En als ik me omdraai wordt het er niet beter op; op mijn rug is op bh-hoogte inmiddels een aantal lagen huid over elkaar geschoven. Een paar takken rozemarijn ertussen en hup de oven in.

Doutzen Kroes kijkt me glimlachend aan vanaf een poster. Ze draagt een fuchsiakleurige balconette zoals die bedoeld is: als een kanten vangnetje voor twee prachtige borsten. Ja, lach maar. Mijn hand zoekt naar iets om zich aan vast te grijpen. Waarom zitten er hier geen steunbeugels aan de muur zoals in een invalidentoilet? Hier is net zo goed hulp nodig.

De bh die ik aanheb, is natuurlijk tegen alle adviezen in toch gewoon in de wasmachine meegegaan tussen voetbalshirts en theedoeken. De pasvorm is volledig verdwenen en mijn tieten hangen treurig naar beneden: ze hebben het opgegeven. Gelukkig hoor ik een vrolijke medewerkster. 'Ik kom je helpen hoor, mop.'

Ze trekt het gordijn opzij en bekijkt mijn lichaam. Alsof ik met handenarbeid iets heb zitten kleien en de juf komt langs.

'Meid, wat heb jij een goed figuur, en wat een mooie voorgevel. Ik ga eens even wat gezellige setjes bij elkaar zoeken.'

Ze komt terug met een veelheid aan bh'tjes, roze, rood, blauw, teer als snoeppapier, met lintjes, zonder lintjes, met en zonder strik, noem maar op. 'Ga nou eens voorover hangen en schudt die meisjes eens effe lekker in de vorm.'

Ik doe wat ze zegt, en inderdaad: de tieten liggen er opeens weer pront bij, als opgepoetste appels op een fruitschaal. Ik trek het volgende setje aan. Ook al zo mooi. Ze komt terug met een nog mooier exemplaar. Even later stap ik de deur uit, driehonderd euro armer, maar met een brede glimlach op mijn gezicht. Ik heb nieuwe bh's!!

MAANDAG

Slecht geslapen. Dokter gebeld voor herhalingsrecept oxazepam. Ik wil alles op alles zetten voor die auditie.

Bij de apotheek vroeg de medewerkster: 'Bent u bekend met het gebruik van dit medicijn?' Ik zei: 'Ja, gewoon doorslikken met water.'

DINSDAG

Bij Marieke gegeten. Had even behoefte aan haar aanmoedigingen. Ze stond op haar Camper-schoenen in drie pannen tegelijk te roeren. Speciaal voor mij maakte ze vegetarische boeuf bourguignon.

'Als jij kookt mis je vlees helemaal niet,' zei ik.

Helemaal fout natuurlijk.

'Dan ga je er dus al van uit dat vlees een basis-ingrediënt is,' haaide Marieke terug. 'Wij mensen zijn van nature herbivoren.' Ze deed haar mond heel ver open en wees op een kies met een amalgaamvulling zo groot als een euro. 'Zie je? Vlak. Net als bij koeien.'

Ik vertelde haar over de auditie en dat ik rete-zenuwachtig was. En het goede aan Marieke: ze kwam met een partij kikkererwtentegelteksten waar ik echt mee vooruit kan. Dit zijn ze:

'Je bent niet oud. Je hebt levenservaring.'
'Altijd daar zijn waar het stroomt.'
'Casting director word je alleen omdat je niks anders kan.'
*'Als er ergens een deur dichtgaat, gaat er op een andere plek een raam open.'**

* Bij deze krijg ik een beetje een Praxis-gevoel.

WOENSDAG

Als ik het danscentrum binnenloop liggen er een hoop dunne jongens en meisjes in spagaat op de grond.

Zouden dit de dansers uit de musical zijn? De auditieruimte bevindt zich verderop, aan het einde van de gang, en heeft nog het meest weg van een gigantische vissenkom.

Ik kijk door het glas en zie acht rechte ruggen: de auditiecommissie. Achter in de ruimte wacht een man achter een piano.

Met een zweetnek stap ik naar binnen en begroet iedereen. Gelukkig zit mijn jurk perfect dankzij de bh die als een balkon onder mijn tieten staat.

De regisseur lijkt op Gandalf, maar dan zonder die mat in zijn nek. 'Neem eerst het lied maar even door met de pianist,' zegt hij strak.

Wat? Niet eerst de scène spelen? Ik heb nog nooit eerder op een auditie gezongen, mag ik misschien even opwarmen?

Nee hoor. 'Doe het maar meteen.'

Ik hoor de pianist en weet: nu moet ik inzetten. Dit is mijn kans. Maar als ik mijn mond opendoe klinkt mijn stem alsof er een bankschroef op zit. Rustig blijven. Ik kan dit. Waar is de natuurvrouw als je haar nodig hebt? Ik concentreer me op mijn ademhaling. Adem in en uit...

Het zingen gaat telkens een stukje beter. Ik probeer te ontspannen en de betekenis van de tekst te doorvoelen zoals ik dat ooit van Verstraete leerde: er is alleen maar een NU op het toneel. 'Je moet niet *reproduceren* maar *beleven*.' Zelfs mijn handen bewegen voorzichtig mee. Ik probeer me met de liedtekst te vereenzelvigen, mijn kracht te gebruiken. Het lijkt te lukken, want de gezichten van de commissie staan op vrolijk.

'Doe het nog eens een keer en verbind de woorden wat meer met elkaar,' zegt de regisseur. Ik zet opnieuw in en voel me met ieder couplet sterker worden. En met die gewonnen kracht komt er een oud gevoel naar boven: ik word opgetild. Dit zijn de momenten waarop recensies van drie naar vier sterren schieten. En stel je toch eens voor: dat ik alsnog ontdekt word als zangtalent. Als een soort Susan Boyle. 'I dreamt a dream!' Stel je voor! De commissieleden staren naar mij terwijl ik verder zing. *Dat we dit niet eerder hebben gezien!* Dát is de sfeer die er hangt. De casting director zal straks opstaan met een brok in zijn keel. Diep in zijn hart heeft hij dit altijd geweten: deze vrouw is een kanon van een talent. Ik ben de bom. En die bom komt nu tot een fantastische ontploffing. De casting director gloeit van trots: *Ik heb haar ontdekt, ik heb dit altijd al geweten.* En júíst die jurk, die eigenlijk te lomp voor woorden is, die is fantastisch gekozen. En kijk eens wat ze met haar handen doet. Zo volkomen natuurlijk, zo diep vanuit zichzelf, als een volleerde Jacques Brel, ieder woord heeft een lading, *iedere noot komt RECHT uit haar hart.* De regisseur zal stralen, hij zal dwars door mijn auditie heen roepen net als Verstraete dat deed: *Ja! JA!!!! DIT IS PRECIES WAT IK ZOEK!* Want hij weet: hier gebeurt iets wonderschoons. Alle aanwezigen zullen op hun stoel gaan staan, en ik blijf maar doorgaan. Het lied is allang afgelopen maar ik improviseer erop los. Ik wórd die vrouw, die lieve

TÉLKENS WÉÉR!

mooie volksvrouw met al dat leed en al dat diepe verdriet over verloren liefdes. Want haar verdriet is mijn verdriet en omgekeerd. Vingers appen al naar de grote producenten: *WTF gebeurt hier. Je moet dit zien.* Er ontstaan acuut ideeën voor een verfilming, en een televisieserie. Het verhaal van een vrouw die op latere leeftijd ontdekt wordt tijdens een auditie die gedoemd was te mislukken. Met mij in de hoofdrol! Dit gaat geschiedenis schrijven. Eén miljoen hits op YouTube!!!

Het verloopt iets anders. Als de pianist de laatste noten heeft aangeslagen hangt er een condoleance-sfeer in de auditieruimte. Een vrouwelijk commissie-lid zoekt iets in haar tas en de casting director kijkt uit het raam. 'Doe je scène ook nog maar even,' wordt me opgedragen. Ik doe hem een keer. De tekst komt eruit alsof ik karton sta te vreten.

'Mag ik hem nog een keer doen?'

'Dank je. We hebben genoeg gezien,' zegt Gandalf.

ZATERDAG

Bij de supermarkt heb ik een pak hoorntjes gevuld met slagroom gekocht. Ik zag ze bij de bakker ook liggen maar dan had ik erom moeten vragen. Op de parkeerplaats heb ik ze alle zes naar binnen gepropt. De boer die ik liet smaakte naar luchtverfrisser.

ZONDAGOCHTEND

'Je lijkt op Sandra Bullock.' Mensen zeiden dat vroeger weleens. In de spiegel zie ik een pafferig gezicht, bleek, couperose. Minder Sandra Bullock, meer Mart Smeets.

MAANDAG

Stomme dingen:

1. Ik kocht vandaag een bodylotion en die heet: 'Today I feel lucious with a tip of mysterious excitement.' Het is een fucking bodylotion, geen speelfilm.
2. Als je in de auto zit en mensen bedanken je niet als je ze voorrang geeft.
3. Deze tekst: 'Ik wil misschien alleen een kleine, subtiele tatoeage, bij mijn enkel of onder mijn navel.'
4. Dat mensen opeens zeggen: overleden aan *de gevolgen* van kanker. Vroeger was het gewoon: aan kanker.
5. Dat het castingbureau nog niets heeft laten weten.

DINSDAG

09.30 uur

Het castingbureau belde. Dit keer was het een meisje met een slis in haar stem. 'De keufe if op iemand anderf gevallen.'

Maakt niet uit. Dit zien als niks persoonlijks. Het over een andere boeg gooien, namelijk: (NOG INVULLEN)

10.18 uur
Ben voor het huis de bladeren gaan opruimen en had alles op een grote hoop geveegd. Een man op een bakfiets slalomde eromheen. Hij riep: 'Ik wilde niet door je hoop rijden.'

23.30 uur
In bed lig ik tegen Koos aan, of eigenlijk, we liggen allebei tegen het T-vormige stuk schuimrubber dat tussen onze Auping-matrassen is gepropt. Precies op het grensgebied is het koud, want onze twee elektrische dekens zijn net te smal.

Koos zegt: 'Je bent een goede actrice. Je hebt alleen geen werk.'

Ik pulk aan het schuimrubber. We hebben deze 'love bridge' gekocht om de kloof tussen onze matrassen te dichten, maar het schuim is in elkaar gedrukt. Er ligt nu geen kloof maar een bobbel tussen ons in.

'En je bent ook niet echt een zangeres,' zegt hij.

'Wat bedoel je?'

'Je weet best dat je helemaal niet zo goed kan zingen.'

'Ik kan best een beetje zingen.'

'Best een beetje, maar niet heel goed.'

'Klopt.'

'Waarom verwachtte je er dan zoveel van?' Zijn mond hangt aandoenlijk scheef en slap naar één kant en ik voel dat mijn eigen gezicht er precies hetzelfde bij hangt. Twee André van Duins, maar dan niet grappig.

'Ik wil het zo graag.'

'Precies. Maar dat moet je niet verwarren met kúnnen.'

DONDERDAG

Het lijkt de enige manier om hem deze dagen te bereiken: samen huiswerk doornemen. Liever dat Ole me irritant vindt dan dat hij helemaal niet met me praat.

'Hij is zich aan het losmaken,' zei Koos gisteren. (Godver, dacht ik. Maar heb dit niet laten merken aan Koos. Ik wil een goede moeder met een stevige uitstraling zijn, een soort Matthijs van Nieuwkerk maar dan vrouw.)

Vanavond wilde ik Ole helpen met informatie zoeken over de rol van het Joodse verzet in de Tweede Wereldoorlog. Maar ik heb me natuurlijk veel te vaak en veel te lang op dat fucking Pinterest zitten vergapen aan dure interieurs. En waarom accepteer ik altijd al die cookies? Toen ik 'Holocaust' intikte verscheen er: 'Zocht u misschien naar *hoge kast*?'

Aan de andere kant: als hij zakt, dan blijft hij misschien nog wel een jaartje thuis wonen. (Deze gedachte nooit delen met Koos.)

VRIJDAG

Ik ga mijn leven beteren:

1. Stoppen met Koos uitschelden. 'Kale dikke chipseter' zeg je niet tegen je eigen man, zelfs niet als het zo is.
2. Stoppen met denken dat je Ole kunt helpen met zijn huiswerk. Jij kunt weer andere dingen (?) (En nee, dat betekent niet dat zijn opvoeding mislukt is, of dat er later een autobiografie van Ole verschijnt met de titel: *Mijn moeder is een egoïstisch kutwijf.*)
3. Poepstrepen uit de pot weghalen, ook als het maar een klein veegje is. Je weet hoe verschrikkelijk Koos die remsporen vindt.
4. Niet meer aan je eelt pulken.
5. Vrouwelijker zijn, ook thuis. Trek eens een rok aan, met een mooie blouse, een beetje Franse stijl. Niet altijd naar die joggingbroek grijpen, er is niks mis met een beetje couture.
6. Niet populair doen tegen de vrienden van Ole. Het is gênant als je een boks probeert te geven.
7. Niet doen of je Kendrick Lamar goed vindt, je vindt het kutmuziek, Ole heeft dat heus wel door.
8. Je bikinilijn bijhouden, ook in de winter. Ook al komt daar niemand meer, het is belangrijk voor je eigenwaarde. Het laatste oerbos bevond zich in Polen en zelfs dat hebben ze weggekapt.
9. Ophouden met alle etiketten naar voren te draaien op het badkamerplankje.

10. Vaker ‘toevallig’ bij het castingbureau langsgaan.
11. Discipline, in alles. Dus toneelstukken lezen zonder tussendoor nagels te lakken.

WOENSDAG

Coffee and Concepts, 12.30 uur precies

Laat die vouwfiets gewoon buiten! Ik ken haar al een eeuw, maar dit went nooit. Je gaat toch niet in deze tent met een fucking vouwfiets naar binnen!

‘Ik ben helemaal klaar met dat kleuren.’ Marieke trekt haar pony naar achteren zodat alleen haar volkomen grijze uitgroei te zien is. Ik schrik, want ze ziet er opeens uit als Bill Clinton.

Ze doet haar plan uit de doeken. Dat ze haar haar behandelt met bio organic haarverf om de overgang naar volledig grijs geleidelijk te laten verlopen. 'Dan krijg je deze natuurlijke kleur.' Ze buigt haar hoofd naar voren. Ik zie helemaal geen natuurlijke kleur, het lijkt eerder of eroverheen is gepist.

'Ik heb die auditie gedaan voor die musical.'

'En?'

'Volgens mij moet ik stoppen met denken dat het ooit nog iets gaat worden, Marieke. Ik ben te oud.'

'Je bent niet te oud.' Met zelfmedelijden zit je fout bij Marieke. Ze zet haar leesbril op. Als een baars, met een vooruitstekende onderlip en uitpuilende ogen, scant ze de lunchkaart. 'Waarom doe je dit jezelf eigenlijk aan?'

'Ik wil zo graag nog één keertje...'

'Wat?'

'Een succesje. Iets...' Ik zucht. 'Caroline zegt dat ik meer moet netwerken.'

'Maar jij bent Caroline niet.'

Hier heb ik geen zin in. 'Hoe is het met jou en Rogier?'

'Goed, ik ga dit weekend naar Zwolle. Hij heeft een optreden.' Ja hoor, Bob Dylan uit Zwolle heeft eindelijk een optreden met z'n sax. Geil.

Waar is toch dat beste-vriendinnerige? Waar is het scheef gegaan? Marieke en ik hebben dat ooit besloten: wij zijn beste vriendinnen. Maar waarom houden we daar eigenlijk aan vast? Zijn we niet totaal uit elkaar gegroeid?

'Zullen we splitten?'

Tuurlijk, Marieke zal de rekening eens een keer helemaal betalen.

14.30 uur
Thuis meteen mijn uitgroei gecheckt. Volgens de Histor-waaier van Koos heb ik 'levend wit'.

14.40 uur
Moet me beter gaan voelen, sterker. Solliciteren!

DONDERDAG

Gregory, een vriend van Ole, was er vanavond. Ze hadden een Surinaams toetje gemaakt: bojo. Recept van Gregory's moeder. Ingrediënten: suiker, roomboter, sucade en kokosroom. Veel te machtig, dus een groot deel weg moeten gooien.

23.30 uur
De rest van de bojo gegeten uit de vuilnisbak.

VRIJDAG

Caroline zegt: 'It changed my life.' Yoga. Ik lees het op haar Instagram. 'Your body is a temple.' Meteen besloten zelf weer eens een les te doen, want mijn lichaam is alles behalve een tempel, eerder een Febo na sluitingstijd, met overal vieze servetten en lege kroketvakken.

De vaste lerares is blijkbaar naar India, dus we krijgen een vervanger, een man die op Joran van der Sloot lijkt. Hij heeft precies zo'n eng baardje. Na tien minuten lig ik in een houding waar Picasso zijn vingers bij zou aflikken. Mijn knieën hebben zich over mijn ellebogen gevouwen en mijn voeten hangen ergens in de lucht. Ik kan nog net naar Joran kijken, die als een dichtgeklapt tosti-ijzer voorover op de grond ligt. Mijn kniegewricht staat in een auto-ongeluk-achtige positie. Joran komt me 'helpen'. Terwijl hij mijn arm omhoogtrekt en met zijn voet mijn been de verkeerde kant op duwt, zegt hij: 'Voel je zelf hoeveel ruimte je creëert?' Ja, hoor. Precies zoveel ruimte als er in een rolstoel past.

22.30 uur
Ik zou willen dat mijn leven één lange child's pose was.

PS Onthouden: downward facing dog blijkt goed tegen een stierenbult in de nek!!!

ZATERDAG

Koos zei na het ontbijt opeens: 'We gaan even de agenda's doen.' Echt op zo'n belastingmannentoon.
Agenda's doen. Ik wou dat er iets in mijn agenda stónd.

22.40 uur
De moed niet opgeven!!!! Gelezen dat je huid meer straalt als je sex hebt gehad. Dus was ik van plan om

met Koos te tongzoenen, bij wijze van voorspel. Maar hij bleef maar doorpraten terwijl hij zijn tanden aan het flossen was. Niet getongzoend.

ZONDAG

Achter in de klerenkast vond ik een plastic zak met oude lingerie. Onder andere een roze setje, met baleinen en zwart kant. Dat ik daar ooit in heb gepast; qua maat is het meer iets voor een chihuahua.

Toen ik opnieuw in de zak graaide hoorde ik een sloom gebrom. Er zat nog een oude Tarzan in die ik ooit kocht omdat Marieke had gezegd dat iedere vrouw zichzelf zo'n ding moest gunnen. Marieke nota bene! Toen zij dat aan me vertelde wist ik dat iedereéén aan de dildo was. Tarzan werkte inderdaad fantastisch, alleen Koos kon er niet tegenop. Binnen tien seconden kwam ik met Tarzan klaar terwijl Koos soms zo lang bezig kon zijn dat ik de krant al op de mat hoorde vallen.

Kijk hem daar nou liggen in die plastic zak. Een archeologische vondst van geiligheid. En het is heel erg, maar het doet me niks: klaarkomen is tegenwoordig iets wat gewoon soms moet gebeuren. Het is net als een halfjaarlijkse controle bij de tandarts, alleen dan minder vaak.

22.19 uur

Ik wil het roze setje aantrekken voor Koos. Als hij het niks vindt kan ik altijd nog doen alsof het voor de grap was. Dieper dan waar we nu staan in ons sexleven kunnen we niet zakken. Wanneer je als twee bejaarden op een elektrische deken ligt met het boek *De moed van imperfectie* op het nachtkastje (ondertitel: *Laat gaan wie je denkt te moeten zijn.* – Goed boek trouwens, volgens Koos, hij is er al twee jaar in bezig), dan staat de sexthermometer op nul.

Helaas past de bustier nu alleen nog om mijn been. Er zit wel nog een setje stick-upkousen bij; misschien is dat wat? Destijds droeg ik ze onder een rok, zonder onderbroek. Alleen al het idee dat Koos me overal kon pakken, waar en wanneer hij maar wilde, maakte dat ik de hele dag opgewonden was. Ik probeer de kous aan te trekken, maar het rubber is vergaan.

Als we in bed liggen haal ik Tarzan onder mijn kussen vandaan. Omdat de batterijen bijna op zijn klinkt hij als Maarten van Rossem. 'Mwooooh... mwhoahhh...'

Koos schiet in de lach en kijkt naar het tongetje dat nu heel sloom heen en weer gaat. 'Nu kan ik hem tenminste bijhouden,' zegt hij.

Wat het is weet ik niet, maar het windt ons allebei toch een beetje op. Waarschijnlijk vanwege dit pornorestant uit ons nog wél functionerende sexleven, uit de tijd dat alles nog hitsig en vol verlangen was. Al is dat natuurlijk niet helemaal waar, want toen gaf ik nachtvoedingen en werkten we allebei te hard. Maar toch. Er was geilheid in het leven.

Koos haalt de batterijen uit de Playstation-console van Ole, en Tarzan gaat weer als een speer. Hij duikt onder de dekens en gaat aan de slag. Ik wacht en pro-

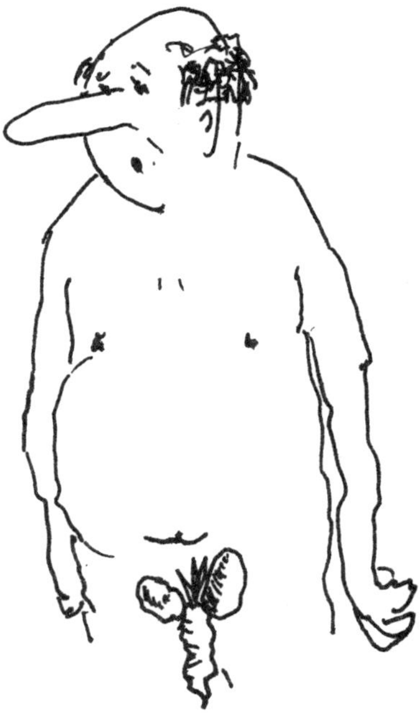

Vergeten groenten

beer iets te voelen. Maar er gebeurt niks. Ik kan me niet concentreren. Het is het geluid. Alsof Koos onder het dekbed ligt te mixen en het volgende ei er nu wel doorheen kan.

MAANDAG

10.14 uur

Ik moet de afgelopen dagen huilen om dit soort dingen:

1 hotelzeepjes die bijna niet gebruikt zijn en dan toch weggegooid zullen worden;
2 potloodstompjes;
3 dat bijna niemand meer pindarotsjes koopt;
4 als iemand niet doorheeft dat hij ergens niet voor is uitgenodigd;
5 de onderste borden van een stapel, omdat er nooit van wordt gegeten.

12.15 uur

Een appje van Caroline. Verdomme, mijn ogen hollen achteruit. Ik vergroot de lettergrootte tot het formaat waarbij één letter zo ongeveer het hele scherm vult.

GA MEE NAAR EEN ART FAIR. HET IS OVER TWEE WEKEN. X

Ze schrijft erbij dat er ook vermogende producenten en regisseurs rondlopen. Er staat een smiley achter. Niet meteen toegehapt want dat zou gênant zijn.

14.30 uur

Bij de opticien. Ik zit achter dat meetapparaat door de lens te kijken naar een vel papier met zwarte vlekken die op cijfers moeten lijken. Het is alsof er een dalmatiër tegenaan is gekwakt.

'Wat staat er linksboven?' vraagt de opticien.
'Dat weet ik dus niet,' zeg ik, 'daarom zit ik hier.'
Ik krijg een opvlieger.
Als ze de wasem van de lens heeft geveegd kan ik het eindelijk goed zien. 'Zeven!' roep ik.
Het is een drie.

DINSDAG

'Schiet eens op, mam!' Ole hangt met zijn hoofd tussen twee banken naar beneden.
'Ik kan geen vraag vinden.'
'Effe doorklikken, mam! Naar targets.'
Hij pakt mijn laptop, klikt een paar keer en er doemt opeens een heilige graal aan examenvragen voor geschiedenis op. Ik stel ze allemaal en Ole weet alle antwoorden. Hoe heeft hij dat geflikt? Hij zit toch de hele dag te gamen?

WOENSDAG

Een telefoongesprek met de stinkkoffieman van het UWV. 'U moet wel voortmaken met uw sollicitaties,' zei hij. 'Uw uitkering komt anders in gevaar.' Heb hem overtuigd van het feit dat er van alles in het vat zit.

13.24 uur
Caroline gebeld. Geprobeerd om zo min mogelijk

smekend over te komen, maar het toch gevraagd. 'Kan ik nog mee naar die opening?' Ze vond het gelukkig goed.

Ik moet hier een 'It's part of the job'-gevoel bij hebben en dus niet deze gedachte: JE BENT EEN OUWE UITGERANGEERDE ACTRICE DIE HAAR PLAS NIET MEER KAN OPHOUDEN.

MAANDAG

'Als ik hem bij de yoga buig, dan hoor en voel ik steeds een knak. Wat kan ik daaraan doen?'

Mijn huisarts pakt het prototype dat op haar bureau staat. Er valt een stuk meniscus af. Als ze het stukje terug drukt in de vorm voel ik het aan mijn eigen knie.

'Als je ouder wordt raken je kniegewrichten versleten. Je zou oefeningen kunnen doen.'

'Waar zijn die oefeningen dan voor?'

'Om erger te voorkomen.'

'En dan gaat het over?'

'Nee, dit gaat niet meer over. Slijtage.'

'En als ik heel trouw mijn oefeningen doe? Mijn knie is belangrijk voor mijn carrière.'

'Wen er maar aan dat bepaalde dingen nooit meer zullen overgaan. Hoe gaat het met je dagboekje? Werkt het een beetje? Krijg je orde in je hoofd?'

'Om eerlijk te zijn: nee.'

'Probeer het toch nog maar een tijdje. Het werkt beter dan de oxazepam maar te blijven ophogen.'

DINSDAG

Droomde dat ik in zee zwom. Schrok wakker. Het bed was zo zeiknat dat ik verbaasd was dat ik geen snorkel op had. Gegoogeld op vrouwen die op latere leeftijd pas zijn doorgebroken. Vond alleen Susan Boyle.

ZATERDAG

Morgen is de opening! Goed nadenken over wat mijn houding gaat zijn. Beetje hard to get meets intrigerend? En zal ik iets tweedehands aantrekken? Zo van: jongens, die duurzaamheid is wel een dingetje en ik maak daar mijn stijl van?

PS HELP! IK WEET NIETS VAN KUNST.

ZATERDAGAVOND

Note to self: boven de veertig niks meer in een tweedehands kledingzaak kopen. Namelijk twee keer fout op mijn leeftijd: tweedehands en uitverkoop.

Eigenwijs geweest en toch bij zo'n boetiekje naar binnen gegaan, waar ik in de rekken een driekwart tijgerbroek zag hangen. Ik scrolde in mijn hoofd en vond daar mooie plaatjes van fotomodellen met zo'n broek aan, en daarop het juiste colbert, het juiste shirt. Onder die broek een paar goede laarzen. Ik dacht: dat kan ik ook. Ik heb zo'n ding niet in mijn

klerenkast, dus waarom zou ik het niet eens proberen?

Broek aan. Veel te groot.

'Hij valt baggy, maar dat is de bedoeling.' De verkoopster vond het supercool staan. 'Dit hoort! Draai je eens om?' Toen zag ik mijn kont. Of, waar die zou moeten zitten. Onder mijn billen hing een schouwburggordijn aan stof. Omdat ik niet tegen de verkoopster durfde te zeggen dat hij me niet stond, heb ik hem toch gekocht.

Thuis nog een keer aangetrokken, maar het lukt me niet er een Vivienne Westwood-gevoel bij te krijgen. Ik zie eruit als een obesitas-tijger na een crashdieet.

NB Eigenlijk best fijn dat iets een keer te groot valt.

ZONDAG

De art fair vindt plaats in een oude garage. Ik heb een veilige zwarte broek met een kanten blouse aangetrokken. De ene galerie is nog hipper dan de andere. Overal ruikt het naar verse verf.

Bij een wit schilderij met zwarte vlekken blijf ik even hangen. 'Bij mij ziet ook alles er zo uit,' zeg ik tegen Caroline, 'maar ik blijk een leesbril nodig te hebben.'

Ze wordt geluchtkust door een galeriehouder.

'Glad you made it, sweetheart,' zegt hij. Witte sokken in saunaslippers.

Twee jongens met lakleren laarzen en roze politiepetten delen hapjes rond: petitfours in de vorm van kutten. Ik neem een hap en breek bijna mijn tand op de clitoris.

'Het platte vlak ligt achter ons. Bijna alles is 3D tegenwoordig.' De galeriehouder loopt naar het midden van de ruimte. 'Hier hebben we een nieuwe installatie die ik zelf heel krachtig vind.'

Op de vloer ligt, keurig gerangschikt, de afgefikte inboedel van een sportschool. Ik knik. Zeker krachtig, en ik snap de kunstenaar ook. 'Ik heb ook nooit zin om naar de sportschool te gaan,' zeg ik.

'Dit gaat over materialen, het geeft geen oordeel.' Hij wijst naar een berg grijs gruis. 'Zijn nieuwste materiaal is kattengrit. Heel baanbrekend.'

De kunstenaar houdt een welkomstpraatje. Hij draagt een driedelig pak en heeft een tatoeage van een flatgebouw op zijn schedel. Ik kan mijn aandacht er niet bijhouden en speur de ruimte af naar potentiële opdrachtgevers. Daar zie ik de producent van god hoe heet dat ding... met die Tweede Wereldoorlog? Dat al tien jaar loopt... Ik kan toch moeilijk naar hem toe gaan en zeggen: 'Ik heb uw eh... Tweede Wereldoorlog-ding gezien en ik vond het fantastisch.' En daar staan Joop en Janine van den Ende. Ik wil zwaaien maar ik krijg een zweetaanval van het formaat Duitse invasie. Strak blijven. Authentiek. Denk Vivienne Westwood. Ik loop wat naar achteren voor frisse lucht.

Opeens zie ik Verstraete staan. De grote Verstraete. Mijn Verstraete. Ik verslik me bijna in een schaamlip. Wat doet hij hier? Het is hem, zonder twijfel: die kromme schouders, dat vettige haar. Hij staat met zijn bril bijna tegen een sculptuur aan.

Ik moet hem laten weten dat ik hier ben. Zou hij me herkennen? Ik stap iets dichterbij.

Verstraete leest het bordje dat naast de sculptuur hangt.

'Nummer 128,' mompelt hij.

'Rijst met foejong hai,' zeg ik. Wat een meesterlijke opening.

Hij herkent me. Hij lacht!

'ALLEZ! KLOOTVIOOLKE!!! Gij hier?'

Hij heeft nog steeds vetvlekken op zijn bril. Van de honderdduizend dingen die ik hem wil vragen of zeggen krijg ik niets over mijn lippen. Hij bestudeert het beeld. Het bestaat uit een brok gestold vet waar een paar schoenen onderuitsteekt.

'Ik vind dat schoon. De pijn, de gevangenschap... Vindt ge niet?'

'Ja, prachtig,' zeg ik. 'Heel actueel ook.' VRAAG HET. NU.

'Zou leuk zijn om weer eens een keer samen te werken,' hoor ik mezelf zeggen.

Hij loopt haastig achteruit naar de jongen die net langs is geschuifeld met een dienblad vol drank, en pakt een glas wijn. Loopt hij nou weg? Nee, hij komt terug.

En dan zegt hij het.

'Gij zoudt eigenlijk ook auditie moeten doen voor *De kersentuin*, klootvioolke.'

Het voelt als in zo'n lavacakeje snijden, waar de hete chocola uit druipt.

Ik probeer lauwtjes te reageren. '*De kersentuin*? Leuk.' Maar in mijn hoofd knalt de champagne al. Fuck. Ik mag auditie doen voor Verstraetes internationale speelfilm. Ik wil dit gevoel vasthouden. Dit is veel te breekbaar hier. Ik wil naar buiten, alleen zijn en een potje genieten. Ole gaat wat meemaken.

'Ze kunnen me rustig bellen,' zeg ik.

19.45 uur

'Zie je wel,' zegt Caroline als we samen in een Uber naar huis zitten. '*He'd better...* anders had ik hem de nek omgedraaid.'

MAANDAG

05.00 uur

NIET GESLAPEN!!

VERSTRAETE! O mijn god. Een auditie bij Verstraete. Al mijn audities van de afgelopen tien jaar zijn op niets uitgelopen. Ik ben het nooit geworden. De rolletjes die ik heb gespeeld zijn via via gegaan, of omdat iemand het me gunde, maar nooit dankzij een auditie. Maar wacht eens even: waarom moet ik nog een auditie doen voor Verstraete? Hij weet toch hoe ik speel? Het zou vernederend en belachelijk zijn. Ik moet hem bellen en dan gewoon heel zelfverzekerd zeggen: ‘Kom op, Foejonghai, geef mij die rol. Je kent me toch?’

05.30 uur

Stomme dingen:

1. dat de haar die altijd uit mijn kin groeit grijs is geworden;
2. dat je nooit weet hoelang feta goed blijft;
3. dat je na het opvouwen van de was één sok overhoudt;
4. dat je aan je poep kan ruiken dat je zenuwachtig bent.

21.25 uur
Ole begon vanavond uit het niets met me te stoeien. Eerst kreeg ik een knie in mijn oogkas, en daarna een elleboog onder mijn ribben. Ik wilde hem eigenlijk knuffelen, maar ik heb me ingehouden en hem teruggemept. Toen kregen we de slappe lach. Voor het eerst dat ik echt voelde dat ik Ole niet meer LAAT winnen, hij wint gewoon. Daarna stonden we opeens met z'n tweeën de sloffendans te dansen. Ons stomme dansje!

23.10 uur
Net gegoogeld. Volgens thuisarts.nl duidt niet goed kunnen ademhalen op een gekneusde rib.

WOENSDAG

Coffee and Concepts, 12.30 uur precies
Marieke vertelt me dat haar schaamlippen langer zijn geworden. 'Ze zijn ook dunner dan vroeger, alsof ze minder doorbloed zijn.'

Ik heb spijt dat ik carpaccio heb besteld.

'Het doet nu ook pijn als ik fiets. Het zit gewoon helemaal niet meer lekker, zo'n zadel. Rogier vindt ze gelukkig mooi.' Marieke gaat altijd door op een punt dat je zou moeten stoppen.

'Oké,' zeg ik, terwijl ik in het dungesneden vlees zit te prikken. Het is een duidelijk afrondend 'oké', met de toon loodrecht naar beneden, maar Marieke krijgt hem niet mee.

'We hebben de laatste tijd weinig sex, Rogier en ik,

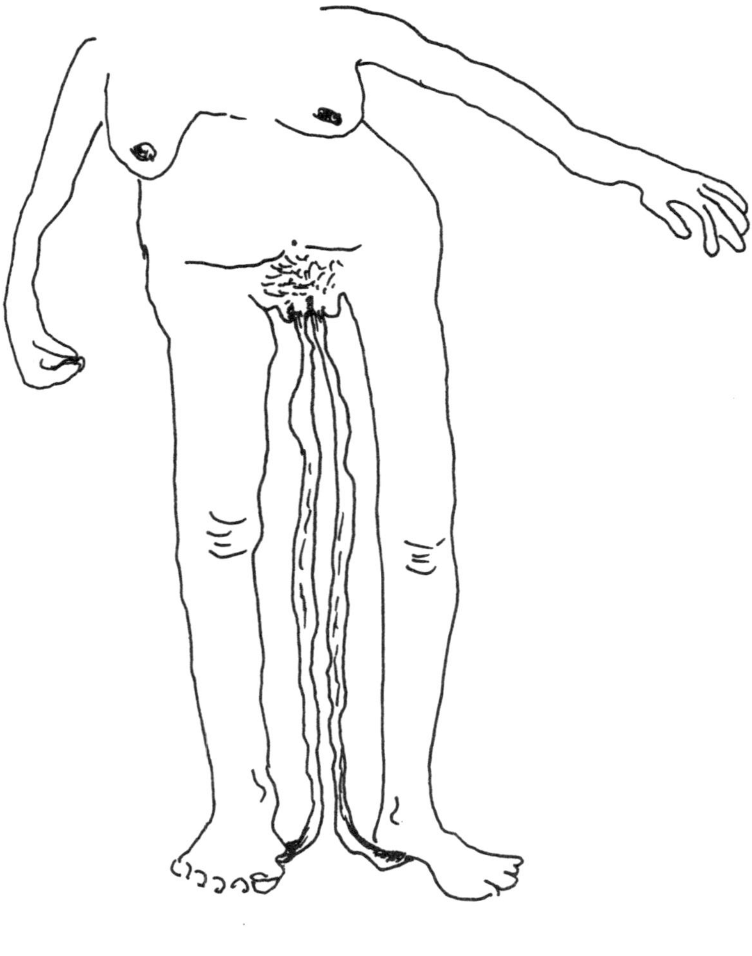

lange SCHAAMLIPPEN

maar des te meer intimiteit. Hij noemt ze "mijn flapjes".'

Ik duw mijn bord opzij. 'Misschien kun je ze over je zadel heen vouwen, als een soort zadeltassen? Hartstikke handig. Kun je je agenda erin stoppen.'

De ober komt langs met een nieuwe karaf water.

Marieke: 'Laatst stond ik voor de spiegel en toen ontdekte ik dat de rek er wel een beetje uit is. Heb jij dat ook? Als ik eraan trek, dan blijven ze op die lengte hangen. Daarna gaan ze weer heel langzaam terug in hun oorspronkelijke vorm. Net als met deeg.' Ze kauwt op haar sla. 'Schaamlippen. Een belachelijk woord eigenlijk, vind je niet? Wist je trouwens dat ze in de jaren zeventig vreugdelippen werden genoemd? Veel gezelliger.'

'Ouder worden is niet gezellig, Mariek,' zeg ik. 'Ouder worden is lelijker worden. Je doos is maar mooi tot je dertigste...'

'Dat is niet waar.'

'...een lul trouwens ook. Die van Koos lijkt inmiddels op een Rien Poortvliet-kabouter, alleen dan zonder mutsje.'

Waarom neemt die vrouw van die gigantische happen? Haar mond lijkt wel een graanschuur.

Ze schudt haar hoofd. 'Ouder worden betekent minder ruis. Een nieuwe schoonheid openbaart zich. Andere dingen worden belangrijk.'

'O ja? Wat dan? Dat je kut zo droog wordt als muesli? Dat je zoon het huis uit gaat? Ouderdomsvlekken? Zwabberarmen? BUIKVET? TERUGTREKKEND TANDVLEES?' Ik voel mijn gekneusde rib.

'Acceptatie. En schreeuw niet zo.'

Blije kut

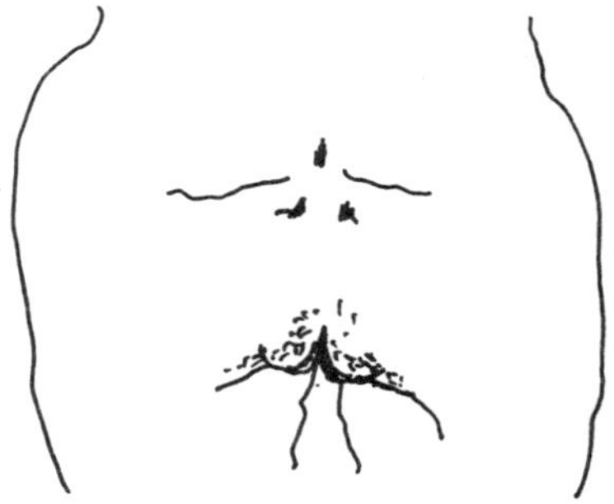

Teleurgestelde kut

BRUGKUT

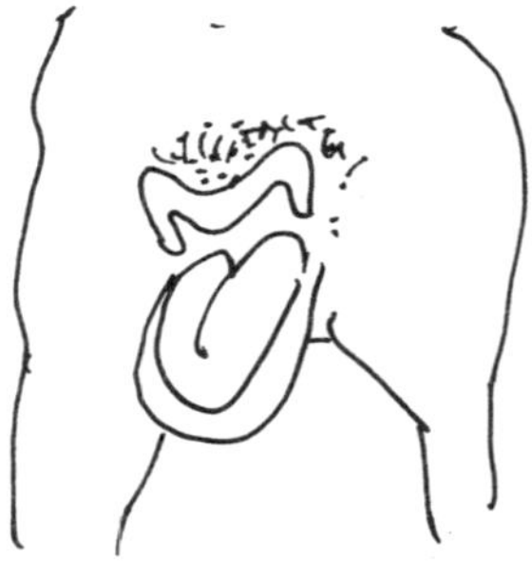

mick JAGGER-KUT

WAAIERKUT

Het is ongelooflijk maar waar: ze kijkt op haar horloge. Want lunchtijd is lunchtijd bij Marieke. 'Je moet eens ophouden met dat zelfbeklag.' Dan pakt ze haar agenda en stopt hem in haar katoenen draagtas.

RECYCLE OR DIE staat erop.

DONDERDAG

Twintig keer mijn telefoon gecheckt. Wanneer gaat de producent van Verstraete me bellen? Staat te eager om zelf te reageren, zei Caroline. Moet van haar hier minstens een week mee wachten.

VRIJDAG

Een week is lang.

ZATERDAG

Vanochtend om halfnegen stond ik in de sportschool, want als je met Verstraete werkt moet je de conditie hebben van een renpaard. Voor *Spoken* liet hij me elke avond drieënhalf uur lang rondjes hollen over het toneel. Dus ik ben weer begonnen met de loopband, niet te hard, want die knie. Ik skipte wel alle heuvels uit het programma, ik bedoel: Nederland is plat.

Daarna zag ik er weer een in de kleedkamer: een brede kut. Een reminder dat ik dat NOOIT wil: een dikke pens, met daaronder een kalende kut met heel breed uitwaaierend schaamhaar, tot bijna de buitenkant van het been toe.

DINSDAG

JA!

Een jongen van het castingbureau belde. Hij klonk zo nasaal dat ik hem nauwelijks kon verstaan. 'Lieverd luister, Verstraete wil je na de jaarwisseling graag zien en nuu... nanuuhhhu... lieverd, dus schat, snap je?'

Hij ging nog bellen voor de precieze datum. Het is nu bevestigd: mag officieel auditie doen voor Verstraete!!

Meteen Marieke gebeld. Ik heb de vorige keer natuurlijk hysterisch gereageerd en ik moet dat goedmaken.

'Een auditie, Mariek. Raden bij wie.'

'Hm. Verstraete?'

'Ja,' zeg ik.

'Van wie je nooit meer iets hebt gehoord? Die je heeft laten barsten? Belde hij soms uit de Betty Fordkliniek?'

'Hij zag er heel goed uit. Heb je het niet gezien? Hij gaat een grote internationale speelfilm maken.'

'Heb je gezegd dat je geen audities meer doet?'

DONDERDAG

Op YouTube gekeken naar een masterclass auditeren van Caroline. Een klas vol studenten luisterde ademloos hoe ze het moesten aanpakken. Ze had haar krullen opgestoken, droeg een zijden blouse en daaronder een achterlijk goed zittende spijkerbroek. 'Sweethearts, listen. There is just one way to get the part: be AUTHENTIC.'*

* Tuurlijk. Het gaat allemaal om wie JIJ bent, want dat maakt je rol uniek. Kijk naar Caroline, hoe zelfverzekerd ze is, hoe zichzelf. Die heeft geen spat van haar eigen karakter ingeleverd en daarom is ze nu zo geliefd, tot in Hollywood. Hieraan werken. Authentiek zijn. (Op Caroline lijken!)

ZATERDAG

Caroline moet meubels voor haar loft hebben en heeft me meegevraagd.

In een exclusieve meubelstore in het Gooi ruikt het naar verse koffie en leer. Overal staan grote *goldplated* boeddha's met een ontevreden kop. De verkoopster die ons welkom heet heeft een poepdure coupe soleil.

We nestelen ons op een grijze leren hoekbank zo groot als een camper. Ik kijk naar het kaartje dat eraan hangt. 'Vijfentwintigduizend euro?!'

De verkoopster geeft met haar gemanicuurde hand een klopje op de bank. 'Dit is natuurlijk niet zomaar leer. Het is de huid van een Spaanse waterbuffel.'

'Ik wist niet dat ze in Spanje waterbuffels hadden,' zegt Caroline.

'Ze zijn speciaal voor dit doel gefokt. Met de hand ontvleesd en onthaard, en vervolgens gepekeld.'

'In kaviaar?' vraag ik.

Ik denk aan ons eigen bankstel. Verschoten en kreupel, want een van de poten is onlangs doorgekrakt. In plaats van een nieuwe bank te kopen heeft Koos de andere drie poten eronderuit gezaagd. Nu staat hij weer vlak. Hij kostte 750 gulden. Ik herhaal: gulden.

Caroline kiest uiteindelijk een sofa van zuivere vicuñawol. Nog net iets duurder dan de waterbuffel.

Op de terugweg vertel ik haar over mijn zenuwen voor de auditie.

'Weet je wat helpt? Normaliseren. Gewoon spontaan bij het castingbureau langsgaan en een oefenauditietje lospeuteren. Helpt altijd,' zegt ze.

DINSDAG

Rok, blauw colbertje, Filippa K T-shirt. Sneakers want iets jonger en hak te overdreven. Toen toch maar even besloten mijn benen te harsen, dan waren ze tenminste echt glad. Vergeten dat dat niet 'even' ging. Qua pijn verbaasd dat er geen lappen vel aan de waxstrips waren blijven hangen. Gesprongen adertjes gecamoufleerd. Op mijn gezicht weinig make-up, behalve basis. Wel Chantal Janzen-mascara (hertjeswimpers).

Toen ik op de hoek stond alleen nog wat poeder op voorhoofd gedaan, maar echt heel bescheiden. Daarna dus spontaan bij het castingbureau langsgegaan. Door het raam zag ik twintigers zitten die druk aan het bellen waren.

Was toch te hard aan het hijgen door het fietsen, waardoor ik een uitgeputte indruk zou maken. Omgekeerd en spontaan naar huis gegaan.

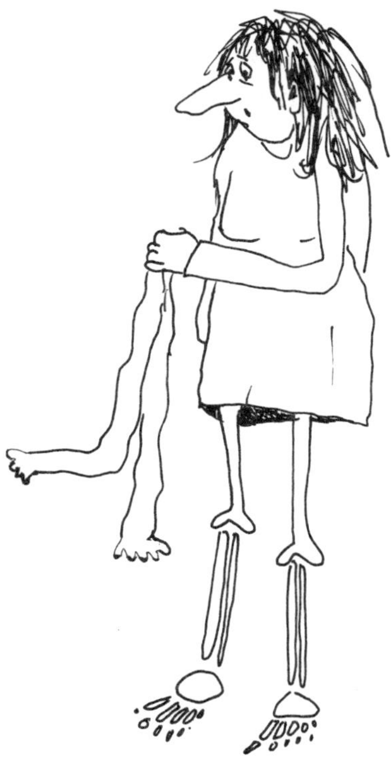

NA HET HARSEN

DONDERDAG

Heb Ole en Koos vandaag onze circulaire kerstboom laten uitgraven. (Ik wil liever niet door mijn rug gaan met de Verstraete-auditie voor de boeg.) *'Nadat de boom bij jou heeft gelogeerd komt hij weer bij ons,'* stond er vorig jaar in de advertentie. Maar toen we vanmiddag na een tijd rondlopen in het kerstbomenbos onze logé terugvonden, bleek er weinig meer van hem over. De takken waren zo kaal dat ik kon zien dat er nog een paar kerstbalhaakjes van vorig jaar in hingen.

'Hij lijkt wel een junk,' zei Ole.

'Meestal doen ze het toch heel goed,' zei de kerstbomenman toen.

Ole heeft er thuis een dikke slinger in gehangen, en extra veel lichtjes. Hij had zijn tong tussen zijn tanden, net als vroeger als hij iets aan het knippen was.

VRIJDAG

Ik word alleen al moe van de gedachte dat ik weer een kerstmenu moet verzinnen, dus ik bel mijn broer. 'Dan bestellen we toch wat,' zegt hij. Ik hoor een vrouw kirren op de achtergrond. Hij hangt op.

23.49 uur
Gegoogled op:
– kerstmenu
– kerstmenu eenvoudig
– kerstmenubezorgen.nl

ZATERDAG

20.35 uur
Ole staat in de badkamer voor de spiegel en smeert een halve pot gel in zijn haar. 'Ik wil een Hamboards Logger.'

'Heb je niet genoeg gegeten dan?' vraag ik.

'Dat is een longboard.'

'O.'

'Die zijn duur.'

'Misschien moet je een baantje nemen,' zeg ik.

Hij kijkt alsof hij iets smerigs ruikt.

'Misschien jij ook,' zegt hij dan.

ZONDAG

Mijn moeder is bij ons. We zijn in de badkamer. Ik stap uit de douche. Ze kijkt naar mijn lijf alsof er een vel op haar melk zit. 'Tsja,' zegt ze. 'Dat zie je bij alle vrouwen vanaf middelbare leeftijd. Dan krijgen we allemaal van die dunne benen, en daarboven zo'n dikke toestand.'

MAANDAG

Café Maxwell
Broer steekt twee vingers op naar de barman.

'Hoe kom je daar nou aan?' Ik wijs naar een wond boven zijn oog.

'Van het boksen.' Hij pakt zijn telefoon en opent Tinder. 'Moet je kijken.'

Ik zie een vrouw met een mooi gezicht, grote borsten en een prachtige bos blond haar. 'En deze wil dus alleen maar sex,' zegt hij.

'Hoe weet je dat?'

'Daar vráágt ze om, letterlijk. Dus ik heb haar laten weten: ik heb een hotel gehuurd in Sassenheim aan de snelweg, kom daarheen, dan trek ik je helemaal uit elkaar.'

'Zeg jij dat tegen een vrouw die je niet kent?'

'Vinden ze heerlijk. Hier, deze dan.' Hij laat weer een vrouw zien, ergens in de twintig. Hotpants, cowboylaarzen en volle zwoele lippen. 'Bij haar heb ik ook de vloer in de was gezet, en zonder spuug, hè?'

Ik zucht. 'Oké. En kerst?'

WOENSDAG

Tekst voor Verstraete ontvangen! Het is een monoloog van ongeveer een halve pagina. Een landeigenares moet gedwongen haar geliefde kersentuin verkopen. Ze wordt met deze harde werkelijkheid geconfronteerd door een jonge student. (Dramatisch!)

Het is te lang geleden dat ik zoveel tekst heb moeten leren. Onder 'Telkens weer' zat tenminste nog een melodietje.

VRIJDAG

Hersentraining voor monoloog:
- ~~brood~~*
- stofzuigerzakken
- kaas, 30+
- mueslirepen Ole
- Yum Yum noedelsoep Ole
- oxazepam

Niet goed gegaan: wist alleen oxazepam nog. Blijven trainen.

* Geen brood meer voorlopig... En dat terwijl ik groot ben geworden met boterhammen. Boterhammen met pindakaas. Brood, de hardwerkende postbode onder het voedsel. Pindakaas, de SP onder het beleg. Goedkoop en altijd bereid om iedereen te voeden. Wat is er eigenlijk mis met brood???

MAANDAG

Ik heb Marieke uitgenodigd om kerst bij ons te komen vieren. Zij kan de boel bij ons wat opleuken en haar Rogier zit dan de bevrijding van Drenthe na te spelen, tijdens een of ander re-enactmentweekend. Ze wilde dus wel komen, maar alleen als we vegetarisch zouden koken. Ik zei dat ik dat moeilijk vond, met kerst en mijn moeder en zo.

Toen zei ze: 'Laten we dan Schipholgans eten.'

'Wat?'

'Daar zijn er veel te veel van. En dus moeten ze worden afgemaakt, want ze vliegen in de propellors. Dan eet je tenminste nog enigszins verantwoord.'

WOENSDAG

Ik hoorde Ole tegen mijn moeder aan de telefoon zeggen: 'Jij hebt eigenlijk ook een soort tussenjaar, oma, alleen dan heel lang.'

Aan de andere kant van de lijn klonk gelach.

Toen zei hij: 'Weet je, ik ga straks een jaar lang op reis, misschien wel naar Brazilië.'

Ben snel naar de wc gegaan. Bleef de wc-rol maar omdraaien: moest hij nou met het hangende vel naar voren of naar achteren? Wc-rol opgehuild. Stel dat Ole echt aan de andere kant van de oceaan zit straks.

Even later kwam hij naar de gang lopen met mijn zoemende telefoon. 'Mam, het is Marieke, en doe gatverdamme die deur dicht.'

Na het snuiten van mijn neus nam ik op.

'Hoi.'

'Wat betreft kerst...' zei Marieke, '...zal ik die Schipholgans halen?'

'Doe maar, want ik weet niet bij welke gate hij aankomt.'

'Wat is er?' Ze hoorde het.

'Ik mis Ole. En hij is nog niet eens weg.'

Toen zei ze dit: 'Het is niet je laatste honk, er komt nog van alles.'

'Niet, mijn taak zit erop.'

'Verheug je. Op iets. Zoek iets om je op te verheugen.'

'Er is niks om me op te verheugen.'

Marieke was even stil en zei toen: 'Ik zeg niet dat het per se gebeurt, maar stél. Stél dat er ooit kleinkinderen komen. Verheug je daarop.'

Gedaan. Werkt.

23.30 uur

De schone was lag nog in de wasmand. Rook lekker naar de droger.

DINSDAG

De eerste zin van mijn monoloog is: 'Zonder de kersentuin kan ik me mijn leven niet voorstellen, en als alles verkocht wordt, verkoop mij dan maar samen met de tuin.'

Ik kom al twee weken niet verder dan: 'Zonder de kersentuin...'

VRIJDAG, EERSTE KERSTDAG

Marieke heeft een gigantische gans meegenomen.

'Als je maar niet denkt dat ik hem ga vullen.'
Ze heeft zich ook vandaag in haar ecofriendly kledingstijl gehuld. Of duurzaam ook betekent dat het soms iets duurder mag zijn, heb ik laatst gevraagd. Ze draagt haar Zilch-rok die ze jaren geleden bij de kringloop kocht. Toen was hij nog frisgroen. Inmiddels heeft hij de kleur van chili con carne.

'Laat mij dat lekkere gansje maar even helemaal volstoppen,' zegt mijn broer. Hij gaat meteen aan de slag.

Aan de gedekte tafel spelen we *30 Seconds*. Mijn moeder en ik tegen Marieke en Koos. Ole ligt op de bank. Broer staat in de keuken. Hij zit inmiddels tot aan zijn elleboog tussen de poten en blijft maar knoflook en citroenen in het beest proppen.

Wat een kutspel. In de eerste ronde kom ik natuurlijk nergens op. Niet op Jack Nicholson en niet op placenta. Mijn moeder maar roepen: 'Moederkoek, denk moederkoek!'

'Doe die frons eens weg,' zegt Broer tegen mij als hij bijschenkt.

'Welke frons?' zeg ik.

'Dat zijn rimpels!' roept Ole. Hij moet er heel hard om lachen.

Koos komt in z'n winning mood, want ja hoor, hij mag de Dire Straits nadoen. FUCK 'Private Investigations'. Marieke heeft het allang geraden en hij maar door met die gitaarsolo. Als niemand hem stopt staat hij er met oudjaar nog.

Kunnen deze mensen weg? KUNNEN DEZE MENSEN IN GODSNAAM WEG?

21.30 uur

'Lekkere kip.'

'HET IS GANS, MAMA.'

'Hè?'

'GANS, HET IS GANS.'

'Gans?

'SCHIPHOLGANS.'

'Hè?'

Ik knik naar Marieke. Het is haar idee, laat haar het maar uitleggen.

'Schiphol. Daar vliegen te veel ganzen. Daar hebben de vliegtuigen last van,' zegt Marieke.

'Hè?'

'ZE MOETEN ZE AFSCHIETEN!' Het was helemaal mijn bedoeling niet te schreeuwen. Waarom doe ik het dan toch? De hele avond weggespoeld met best een lekkere rode wijn.

23.46 uur
Kreeg een lief appje van Marieke. Dat ze het gezellig vond. Zo jammer dat ze op haar profielfoto minstens zestig lijkt. Ik heb haar weleens laten zien dat daar verzachtende filters voor bestaan. 'De enige filter die ik gebruik is voor de koffie,' zei ze toen.

01.34 uur
Broer heeft mij een telefoonnummer van een of andere therapeut geappt. Nou moe.

ZONDAG

Valfréjus, Frankrijk
'We zorgen voor een behaaglijke entree; de verwarming staat aan en de bedden zijn opgemaakt als u aankomt.' Alleen blijkt de elektrische verwarming in ons appartement van het type 'stand Sahel' of 'stand poolcirkel', daartussen zit niks. De boel stond nog net niet in de fik toen we binnenkwamen. Koos en Ole zijn op handen en voeten naar de verwarmingsknoppen gekropen, onderweg schreeuwend om water.

21.15 uur
Restjes Schipholgans rechtstreeks uit de tupperwarebakjes opgegeten.

MAANDAG

Piste, 08.00 uur
Jas matchend bij broek, op maat gekochte helmpjes, en alles van dure merken. Vader, moeder en alleen maar knappe kinderen; het is hier één grote commercial voor neussprays.

Waarom ziet mijn gezin er dan uit alsof het ernstig in de war is? Het enige wat bij ons ontbreekt is een winkelwagen met Aldi-tassen en een gore slaapzak. We dragen geleende spullen, te vaak gewassen fleecetruien en skischoenen uit de jaren negentig. Koos heeft een jas van de ANWB, die heeft hij ooit met korting online gekocht, omdat hij al zo lang lid was. Hij zweert erbij, maar de jas is veel te groot en zwabbert om zijn schouders. Hij lijkt op een conducteur die te heet gewassen is.

08.50 uur
Skiën is een sport voor behendige mensen. Overal zie ik gezinnen die dat tot op het irritante uitdragen. Pasje in de juiste zak, buitenhandschoenen, binnenhandschoenen. Ze glijden volleerd op de bankjes van de skilift; en als synchroonzwemmers gaan de handjes omhoog zodat de stang naar beneden kan.

Ik word bij de stoeltjeslift altijd bevangen door een

blinde paniek: wanneer moet ik precies gaan zitten? Als mensen gaan zwaaien met het argument 'dat voel je vanzelf', dan weet je dat je moet oppassen. Het zijn dezelfde mensen die hun pensioen tot in de puntjes hebben geregeld, die snappen wat 1 op 20 betekent als je benzine tankt, en die voor alles een ander wachtwoord hebben.

'BLÖDE ANFÄNGER!' klinkt het achter me.
De stoeltjeslift drukt me als een taartschep de sneeuw in.

DINSDAG

Vol goede moed ga ik vandaag opnieuw de groene piste af. Nou ja 'af'... dat is al lastig op de groene piste. Je hebt de zwarte piste, die is het moeilijkst want het steilst, dan volgt de rode, dan de blauwe en als laatste de groene. De groene is de crèche onder de pistes. Deze piste is zo traag dat ze hem hier in Frankrijk 'l'Escargot', de slak, noemen. De enige mensen die je op deze piste tegenkomt zijn kinderen tot vier jaar en wandelaars met honden, omdat het nagenoeg een horizontaal pad is. Ze hadden hem ook 'l'Horizontal' kunnen noemen. Deze piste gaat nog net niet de berg óp.

En toch voel ik zelfs hier paniek. Ik 'ski' de berg af terwijl naast mij een man zijn teckel uitlaat op de groene strook gras.

De teckel gaat harder dan ik.

10.00–12.30 uur
Kan heel goed tekst repeteren in de après-ski-bar, ken het nu tot en met: 'Heb toch een beetje hart voor mij. Wees lief en goed voor mij, Petja.'

WOENSDAG

Het sneeuwt. Niet waar mijn broer is. Hij stuurt foto's uit Mexico. Hij ziet eruit als een pornoster, met zo'n poepbruine jarentachtighuid. Type dat zich nog steeds insmeert met olijfolie en dan van twaalf tot vier in de zon gaat liggen braden.

Hij appt dat hij 'in Argentinië' is geweest. Ik snap het niet, want hij zit toch in Mexico? Ik bel hem, en het blijkt dat hij een Argentijnse vrouw heeft ontmoet. 'Ik heb ook wat tochtjes gemaakt. Mooie heuvels, diepe grotten.'

OUDJAARSAVOND

Om 21.15 uur ging Ole het skidorp in met een jongen uit het appartementencomplex. Met Koos voor de tv gezeten. We werden wakker toen het aftellen begon.

VRIJDAG 1 JANUARI

Ik heb nog ruim een halfjaar. Het komt goed, ik voel het.

ZATERDAG

Onderweg naar huis mijn voornemens bedacht:

1. Aan tafel vaker intelligente gesprekken voeren over het wereldnieuws.
2. Dit nieuwe jaar als meer gaan zien dan 'het jaar dat Ole uit huis ging'.
3. Vaker zeggen: 'Ik hou van jou', en niet alleen als Koos het net heeft gezegd.
4. Een propvol bord niet tellen als één keer opscheppen.
5. 'Dunne vaginawand' niet visualiseren tijdens de sex.
6. Sex.
7. De rol bij Verstraete binnenslepen.

ZONDAG

Broer toch nog even gebeld om hem gelukkig nieuwjaar te wensen. Hij zei: 'Weet je dat je *Dry January* alleen kan uitspreken als je straalbezopen bent?'

MAANDAG

Koos heeft een intake bij de sportschool gehad en komt lijkbleek thuis. 'Ik ben tien kilo te zwaar.' Nu heeft hij van een sportinstructeur een schema gekregen.

'Ik moet aan die apparaten.' Hij klinkt alsof hij naar Irak wordt gestuurd.

WOENSDAG

Coffee and Concepts, 12.30 uur precies
Marieke wordt afgezet door Rogier, ze zijn met zijn busje. Hij draagt een afritsbroek met sandalen eronder, ongeacht het seizoen. Het is het type man van wie je weet hoe hij ruikt als je hem ziet. En dat is niet naar lavendel. Aan hoe hij Marieke een zoen geeft bij het afscheid zie ik dat het niet echt lekker loopt tussen die twee.

Bij de lunch barst ze los. 'Ik weet niet wat hij heeft. Hij zegt opeens van die idiote dingen: "Ik hecht wel belang aan het uiterlijk" en zo.'

'Wat?'

'Of: "Kun je niet eens wat leukers aantrekken? Dit maakt je zo oud."' Mariekes Jip-en-Janneke-neus is nog puntiger als ze dingen zegt die ze erg vindt.

'Verdomme Mariek, hoezo heeft hij commentaar op jou? Hij ziet er zelf nou ook niet bepaald uit als iemand die in Milaan op de eerste rij zit.'

‘Ik vind hem heel eigen.’

‘Eigen? Zo’n openhangend batik shirt boven een afritsbroek? Wie denkt ie dat ie is? Robert Plant?’

‘En jij en Koos?’ vraagt ze snel. Neus nog steeds spits. ‘Doet ie nog steeds zo lang over plassen?’

‘Hij is al vanaf vanochtend bezig.’

Ze schiet in de lach.

ZATERDAG

In een pashokje sta ik me in een hip felgroen broekpak te wurmen. De rol waarvoor ik auditie doe, is van Ljoebow, een landeigenares aan het eind van de negentiende eeuw. Ik wil het personage een hedendaagse twist geven, daar houdt Verstraete wel van. Tenslotte speelden we *Spoken* destijds ook op Dr. Martens. Dus: broekpak, riempje eromheen, hakje, helemaal goed. Maar het werkt niet want als ik het broekpak eenmaal aanheb en in de spiegel kijk, zie ik iemand die op een zorgboerderij werkt. En dan niet aan de kant van de leidinggevenden.

DONDERDAG

Gregory staart naar een foto in een lijstje, terwijl Ole shoarma staat te bakken. Het hele huis ruikt naar schaap.

‘Bent u dat soms?’ vraagt hij.

Op de foto draag ik een achttiende-eeuwse corsetjurk met een wijde rok. Op mijn hoofd een grijze suikerspin-pruik.

Ik knik. 'Hier ben ik mevrouw Alving in de voorstelling *Spoken*.'

'Speelt u nog weleens?'

'Jazeker,' zeg ik.

'Vorige eeuw nog,' zegt Ole.

VRIJDAG

Caroline gebruikt haar coverfoto van de *Harpers' Bazaar* als profielfoto. Wil ik internationaal doorbreken moet ik natuurlijk ook een andere. Mijn profielfoto is nu een en al verwaaid haar en daartussen een zonnebril. Een soort Tom Hanks in *Cast Away*, maar dan zonder baard. Tot je veertigste is zo'n strandfoto charmant, daarna wordt het 'whatever happened to *Sil de strandjutter*'. Ole gevraagd of hij een foto wilde maken maar die zat met Gregory te bingewatchen. Toen heeft Koos me geholpen.

'Niet zo close, schat.'

'Waarom niet? Die paar rimpels zijn toch juist mooi?'

'Nee,' zeg ik.

'Als je het maar niet in je hoofd haalt om er ooit iets aan te laten doen.'

PS Gregory appte vanaf Oles kamer of hij misschien mag mee-eten. Die jongen is zo beleefd. Ik appte: natuurlijk! Toen stuurde hij me een bruin opgestoken duimpje. Ik wilde een duimpje terugsturen, maar durfde hem geen witte te sturen. (Dat leek me racistisch.) Dus dacht ik: ik stuur een bruine. Maar dat is weer zo'n statement. En bovendien ging ik twijfelen: welke tint moet ik dan nemen? Gekozen voor mokka. Per ongeluk de kerstboom geappt want die zat naast de duimpjes.

22.30 uur
'Zonder de kersentuin... zonder de kersentuin... kan ik me mijn leven niet voorstellen...' Ja!! Het gaat al beter!

23.30 uur
Als ik de lading schone was uit de droger heb getrokken, stop ik mijn hoofd in de trommel. Ole komt binnen.

'Wat doe je?'

'Eh... ik zoek een sok,' zeg ik dan maar.

MAANDAG

Besloten om toch even naar dokter Prik te gaan. In de ochtend zie ik er nog redelijk acceptabel uit, dan heb ik gewoon een pafferig slaapgezicht, maar tegen een uur of drie lijkt mijn huid op het uitgedroogde Kilimanjaro-massief.

Omdat je na de behandeling niet zelf achter het stuur mag zitten heb ik Marieke meegevraagd.

'Omdat ze je hersencellen platspuiten?' Ze heeft

haar roeipakje al aan, want maandagavond is roeiavond. Wel zo praktisch.

We rijden op de ring.

'Wat is er zo erg om aan de wereld te laten zien dat je rimpels krijgt na je veertigste?'

'Ik ben actrice, Marieke! Mijn kop is mijn handelsmerk!'

'Laat ze zien dat jij het anders aanpakt, stel een daad.'

'Alleen die loopgraaf op mijn voorhoofd, hoor.'

'In *Flikken Maastricht* was je na vijf minuten al dood. Ik vraag me af hoe goed een lijk eruit moet zien.'

Het regent inmiddels, de ruitenwissers maken kreungeluidjes.

Met de achterkant van een dure vulpen wijst dokter Prik naar de foto's van mijn gezicht op zijn scherm. Mijn god... alsof hij heeft zitten googelen op *Faces of Meth*. Marieke zit naast me en kijkt de kamer rond. De ruimte heeft een hoogpolig roomwit tapijt. Aan de muren Helmut Newton-foto's, waarop potlooddunne vrouwen staan afgebeeld met benen tot onder hun oksels.

'Deze lijn hier.' Dokter Prik wijst op de eerste foto, naar de gleuf naast mijn neus die als de Ardèche naar mijn mondhoek loopt. 'Die is wat verhard. Ik zou het dus hier...' hij wijst onder mijn ogen, 'wat op kunnen vullen. En je ziet ook dat je frons inderdaad weer terug is.'

Op zijn aanwijzingen neem ik plaats op de behandeltafel. Even later spuit hij een jerrycan botox in een zenuw. Ik bijt mijn tong eraf van de pijn.

'Moet je hier eigenlijk een soort van diploma voor hebben?' vraagt Marieke.

'Uiteraard heb je dat nodig,' zegt hij.

'Ik mag hopen dat het geen zwemdiploma is.'

Kan ze ophouden? Straks raakt dokter Prik nog geïrriteerd en ga ik naar buiten met een kop als de moeder van Sylvester Stallone. Over een teveel aan botox gesproken: zij lijkt inmiddels nog meer op haar zoon dan hij op zichzelf.

'Wat tikken jullie nou eigenlijk af voor die frons?'

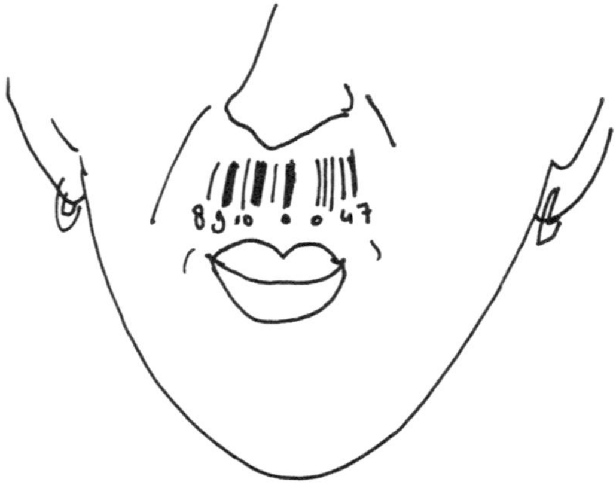

product OVER DE DATUM

Op de terugweg is Marieke stil. Als we op de ring rijden zegt ze: 'Ik begrijp niet wat je bezielt.'

Boos kijken doet pijn.

'Het maakt echt niet dat je die rol sneller krijgt. Hetzelfde hoofd. Alleen nu ook nog opgezwollen.'

'Het duurt twee weken en dan ga je het zien.'

'Ik hoop het voor je.' Ze heeft net zo'n neplach als die kikker op die fles ecoreiniger die op haar aanrecht staat.

Ze zet me thuis af.

Een kwartier later krijg ik een tikkie van Marieke. Voor de benzine.

20.30 uur
Ik heb dat icepack er denk ik te kort op gehouden. Ik zie nog steeds blauwe plekken. Als ze Koos straks maar niet opvallen als hij terugkomt van zijn ouderavond.

22.30 uur
Hij heeft niks gezien, gelukkig.

DINSDAG

Monoloog geoefend in een andere mogelijke auditie-outfit. Lange rok, beetje open blouse *(ja, ik heb nog sex)*. Daarna de volgende dialoog hardop gevoerd:

VERSTRAETE

(*Vlaams accent*)
Wat een ONGELOOFLIJK goeie auditie hebt gij zojuist gedaan, klootvioolke.

IK

Dank je.

VERSTRAETE

Ge hebt nu precies de juiste uitstraling: een vrouw wiens leven geknakt is.

IK

(*zelfverzekerd*)
In welke periodes zijn de opnames precies? Mijn speelagenda zit eerlijk gezegd rammetje vol.

VERSTRAETE

Als gij die filmrol niet gaat spelen, maak ik mezelf van kant.

(Beiden lachen)

Rok is misschien toch niet goed.

DONDERDAG

'Mijn cholesterol is iets te hoog,' zegt Koos. Terwijl hij het zegt stopt hij een bastognekoek in zijn mond. Hij heeft een check laten doen bij de huisarts. Nou wil hij ook nog gaan fietsen. Samen met een clubje van school, één keer in de week. 'Anders komt het er niet van.'

VRIJDAG

Het UWV wil een afspraak met me op zeer korte termijn. De stinkkoffieman dreigt met een strafkorting omdat ik nog steeds niet genoeg sollicitaties heb opgegeven. Ik heb gezegd dat ik op het punt sta van een grote doorbraak in mijn carrière en heb de uitnodiging voor de auditie doorgestuurd. Beloofd hem na de auditie meteen te contacten.

ZATERDAG

Toen ik vanmiddag uit het raam keek zag ik Ole op de trampoline springen. Hij ging veel dieper dan vroeger.

Ik heb het ook maar weer eens geprobeerd, onder aanmoediging van Ole. Alleen bleken mijn bekkenbodemspieren nu de veerkracht te hebben van een set verweerde snelbinders; de hele Oosterscheldekering werd in één keer opengezet. Niks laten merken aan Ole. Naar binnen gegaan om 'thee te zetten'.

PS Er zat zelfs een beetje pies in mijn schoen (via been).

PPS Misschien de volgende keer een zak hydrokorrels uit de tuin in mijn onderbroek stoppen als ik ga trampolinespringen.

VRIJDAG

De greppel in mijn voorhoofd is volgens mij bijna niet meer zichtbaar. Dank, dokter Prik.

ZATERDAG

Coffee and Concepts
Caroline kijkt in haar handspiegeltje bezorgd naar een minirimpeltje bij haar oog. 'Weer zo'n Nederlandse cameraman die alleen maar "dicht op de huid" wil draaien. Bleh.'

Ze leunt voorover en kijkt me een tijd zwijgend aan. Dan zegt ze: 'Dat vind ik zo mooi aan jou. Die rimpels, die echtheid. Dat is in LA dus helemaal verdwenen. Nooit iets aan laten doen, hoor!'

PS Overweeg om deze ontmoeting met Caroline als sollicitatie op te geven. Het is toch ook zo? Caroline → Verstraete → auditie → werk → doorbraak → trotse Ole → trotse Koos → trotse ik → sex → stralende huid → succes → einde WW

MAANDAG

Hij heeft een racefiets besteld. Koos! Het ding kost bijna tweeduizend euro en schijnt evenveel te wegen als een pak yoghurt. Het heeft snelheidsmeters en piepdunne bandjes. Maar het aller-aller-allerergste is dat hij er ook een fietsoutfit bij heeft uitgezocht.

DINSDAG

Ik heb het! De jurk die mijn moeder met kerst aanhad. Die is van zo lang geleden dat hij weer über-hip is. Hij zou weleens precies in Verstraetes straatje kunnen passen. Bij de Bristol heb ik vanmiddag van die flatjes gekocht. € 16,95. Ze zijn van kunststof en zitten voor geen meter, maar hebben toch iets tijdloos, qua vorm. Ik heb nu rode knobbels, maar die hadden ze in de negentiende eeuw ook, denk ik.

WOENSDAG

'Mam? Die jurk die je met kerst aan had...'

'Zeg, als ik het *Achtuurjournaal* wil terugkijken, op welk knopje moet ik dan ook alweer drukken?'

'Smarthub. Menu. Weekprogramma. Journaal. Zou ik die jurk kunnen lenen?'

Ik hoor de afstandsbediening vallen.

'Nu doet ie weer gek. Geen signaal staat er.'

'Smarthub, mam. Ga eerst naar Smarthub.'

'Waarom maken ze dit allemaal zo... O, nou gaat ie opeens. Er staat iets in het scherm.'

'Voor een auditie.'

'Wat zeg je?' De tv staat keihard. Ik hoor Rob Trip.

'Mam...'

'NEEM CON-TACT OP MET DE PRO-VI-DER ALS DIT PRO-BLEEM ZICH BLIJFT VOOR-DOEN.' Ze leest het alsof ze een inburgeringscursus doet.

'Ik kom hem wel halen,' zeg ik.

DONDERDAG

'Je moet hem wel even strijken, want hij is een beetje verfomfaaid*,' zei mijn moeder. Toen ik de jurk uit het plastic Zeeman-tasje haalde, rook hij naar oude mensen. Ben naar onze slaapkamer gelopen en probeerde zo neutraal mogelijk aan mijn eigen kleren te ruiken, zonder vooroordelen. Ik schrok. Er hangt al echt een beginnende vijftigplusmeur in mijn kast. Ook de colberts van Koos ruiken naar een combinatie van Heugafelt-tapijttegels en verschraalde roomboter.

* Ik heb altijd gedacht dat het 'verfRomfRaaid' was. Maar het blijkt dus 'verfomfaaid' te zijn. Ik vind verfRomfRaaid veel beter, dat klinkt toch veel meer of iets helemaal in de kreukels zit?

ZATERDAG

Ik vroeg Ole of hij zin heeft in een feestje op zijn verjaardag volgende week.

'Nee,' zei hij. 'Feestjes waren nooit leuk hier. Ook niet mijn verjaardag. Jullie zijn altijd zo gespannen aan de voorkant.'

'Feestjes waren', zei hij, en niet: 'feestjes zijn'.

MAANDAGMIDDAG

De huisarts gevraagd om een herhalingsrecept oxazepam.

'Pas wel een beetje op met dit medicijn,' zegt ze. 'Ik schreef het je aanvankelijk voor vanwege je vliegangst, weet je nog?'

'Klopt. Ik heb inderdaad het gevoel dat ik ieder moment neer kan storten. En ik heb een auditie.'

Ze vraagt of ik die Mirena-spiraal nog heb.

'Geen idee. Lost die niet op?'

'Nee.'

Dus dat ding hangt daar nog ergens als een ouwe liaan?

'Ik kan hem eruit halen. Maar het is niet zeker dat je je daardoor beter gaat voelen.'

Toch een afspraak gemaakt.

VRIJDAG

Ole is achttien. We hadden taart en champagne vanmiddag. Ole deed heel erg van 'doe nou niet zo alsof ik nog nooit gedronken heb'.

Hij was zo blij met zijn Hamboards Logger dat ik een heel lange knuffel van hem kreeg (zonder dat hij ging aftellen). Hij ruikt nog steeds lekker naar zand.

Gregory kwam langs met een sjoelbak als cadeau. Ze hebben de hele avond staan sjoelen, terwijl ik boven mijn tekst in mijn hoofd probeerde te stampen. Mijn moeder was er (€ 100), en Marieke (€ 10).

ZATERDAG

Opeens is Oles rekeningnummer van mijn radar. De bank vindt hem kennelijk volwassen. Bij de lunch zat hij Turks brood met chips als beleg te eten.

ZONDAG

'Zonder de kersentuin... Zonder de kersentuin... Verdomme. Zonder die kuttuin kan ik me mijn leven niet voorstellen en als alles verkocht wordt, verkoop mij dan maar samen met de tuin.' Hoe moeilijk kan het zijn een tekst te leren? Waarom kan ik me niet ontspannen?

23.45 uur
Klaarkomen. Zou dat helpen? (Evenveel zin in sex als in de sportschool.)

DINSDAG

Koos ligt in bed te lezen. Meestal zakt zijn leesbril na een halve bladzijde naar het puntje van zijn neus. Dan moet ik zorgen dat ik eerder in slaap val dan hij, want als hij eenmaal slaapt is zijn geronk ondempbaar. Zo snurken alleen reuzen in tekenfilms met nul budget voor de stemacteurs.

Ik stap in bed en vlij me tegen hem aan. Hij zucht en legt zijn boek weg. 'Sorry, ik ben een beetje moe.'

Hij ligt nu op zijn zij, waardoor zijn leesbril naar de andere kant van zijn gezicht geduwd wordt. Alsof hij twee paar ogen heeft.

Ik aai hem over zijn rug. 'Ik ben ook moe,' zeg ik, 'maar we moeten dit wel blijven doen, hè.' Zelf heb ik ook weinig zin om heel sexfilmachtig het dekbed van me af te gooien. En trouwens: boven op hem gaan zitten met dit weer is veel te koud. En dan zit ik ook nog eens met die knie. Dus ofwel missionaris ofwel op zijn hondjes, zo min mogelijk belasting voor de gewrichten, zo sta of lig ik erin. Ik zou hem weer eens moeten pijpen. Maar van die op en neer gaande beweging krijg ik last van mijn nek. Als ik het al doe, dan bij voorkeur alleen in de zomer. Want als ik onder de dekens pijp, dan voel ik dat gewicht van het dekbed ook nog eens op mijn nekspieren. Alhoewel pijpen wel weer goed is tegen die barcode boven mijn lip. Nee. Ik moet nu echt heel diep in de buidel gaan tasten om Koos en mezelf geil te krijgen. Ik pak hem even bij zijn zak, die aanvoelt als een warm nestje. Niks van stijfheid te bespeuren daar, het lijkt eerder een zacht stukje deeg. De haartjes zijn stug en grappig weerbarstig. Als ik hem nu een beetje aftrek gebeurt er misschien wel wat. Ik begin, maar het voelt alsof ik een kapotte motormaaier aan de praat probeer te krijgen. Maar zonder dat dat erg is. Het is eerder werktuiglijk, het apparaat werkt gewoon niet en we praten nog even verder. 'De racefiets wordt morgen geleverd,' zegt Koos. Ik trek gewoon door. Hij vindt het volgens mij wel lekker. Ik vraag hem of dat contant voldaan moet worden of dat het op rekening gaat. Koos zegt dat hij het al met iDeal betaald heeft. Hij wordt al aardig stijf, dus ik zoek met mijn andere hand naast het bed naar de Sensilube.

'Kan zoiets eigenlijk bederven?' zegt Koos.

Ik draai het flesje om om de houdbaarheidsdatum te checken. Die liep twee maanden geleden af, zie ik nu. Koos zijn piemel is nu een half stijf worstje geworden; we beginnen allebei te gapen. Koos knipt het licht uit en ik val niet in slaap.

01.00 uur

Ben porno gaan kijken. Wat ik voorbij zie komen grenst aan het onmenselijke wat betreft fysieke prestaties; het Bolsjoj is er niks bij. Gespreide benen, holle ruggen, met twee, drie man in de weer zijn en dan nog kunnen klaarkomen. Of doen alsof. Een oxazepam genomen.

01.20 uur
'Zonder de kersentuin kan ik me mijn leven niet voorstellen en als het dan al zo moet zijn...' Dramatisch moet het zijn. De pijn en tranen moeten door mijn poriën heen sijpelen. Meryl Streep to the max, dus. Maar hoe flik ik dat straks met die auditie?

DONDERDAG

09.35 uur
De nasale jongen van het castingbureau belde. 'Heel verveeeeelend, maar de auditie wordt verplaaaaaatst.'

Verdomme.

13.00 uur
Toch maar positief opgevat: meer tijd om huilen en monoloog te oefenen!

13.30 uur
Stinkkoffieman gemeld dat de auditie geheel buiten mijn fout om verplaatst is. Aan al mijn verplichtingen voldaan!

Als beloning:
- Halfuur op Instagram naar satisfying video's gekeken, vooral naar dingen in beton gieten.
- Laatste bastognekoeken van Koos opgegeten.*

* Niet vergeten aan te vullen!!

MAANDAGAVOND

Ik bestudeer een film met Caroline in de hoofdrol. 'Als er één actrice is die kan huilen is het Caroline,' zeg ik tegen Koos. 'Een regisseur vroeg haar een keer of ze wilde huilen. Toen vroeg ze: "Wil je een traan in het linker- of het rechteroog?" Hij zei: "Doe dan maar het rechteroog", omdat hij dacht dat ze een grap maakte. Maar nee hoor, alleen uit haar rechteroog kwam een traan.'

'Knap,' zegt Koos. Hij staat de laatste onderdelen aan zijn fiets te monteren alsof hij met een openhart-operatie bezig is.

Bij veel acteurs ziet huilen eruit alsof ze iets verkeerds hebben gegeten. Knappe acteurs worden vaak heel lelijk als ze huilen. Zoals Laura Dern in *Blue Velvet*, die krijgt zo'n brede mond dat je de dvd van haar eigen film erin kan schuiven.

Te groot die mond.
Te veel leed.

Filmhuilen, te veel ondertanden

DVD-huil. (Lelijk)

Iets wegslikken, en dan een traan. (Mooi)

PRACHTIGE FILMHUIL.
Verstild in de verte
kijken. perfect. Een 8

PATHETISCH.
Eén groot
WEGZAPMOMENT

LET OP:
ONDERKIN!

DINSDAG

Koos heeft een idee. Waarom ik Caroline niet hier thuis te eten uitnodig om haar om wat extra auditietips te vragen? Ik schiet meteen in een paniekstand. Ons huis is helemaal niet Caroline-proof.

20.30 uur
Bij nader inzien is het misschien toch wel een goed idee.

DONDERDAG

Caroline geappt en ze vindt de uitnodiging hartstikke leuk. Paar dingen in huis veranderen:

1. Kunstboek op tafel leggen. *Before They Pass Away* is een goede, of iets van Taschen.
2. Een leuke plaid kopen voor over de krakbank.
3. OPRUIMEN, maar niet té... zodat ik tegen haar kan zeggen: 'O, ik was er nog niet aan toegekomen.' Coole dingen laten slingeren zoals een longboard.

MAANDAG

Een arts wil natuurlijk nooit te vroeg op de dag een spiraal verwijderen. Groot gelijk, want in het algemeen zijn kutten gewoon lelijk. Saloondeuren van schaamlippen, hele ponden rosbief die naar buiten hangen. En dan die bossen haar. Om maar te zwijgen over hoe het eruitziet als je ongesteld bent: als een bouvier na een tramongeluk.

Ik word binnen geroepen.

'Vind je het goed als er iemand meekijkt?' vraagt de huisarts. 'Onze arts in opleiding, Jorge, loopt vandaag met me mee.'

Ik kleed me uit en ga op de onderzoekstafel liggen. Benen wijd.

Jorge komt binnen. Staalblauwe ogen en gespierde armen, ongetwijfeld een sporter. Omdat ik op de onderzoekstafel lig ziet hij mijn kut eerder dan mijn hoofd. Ik geef hem een hand.

'Als jij de eendenbek vast even voorverwarmt,' zegt de huisarts, 'dan kan ik het ouwe spiraal eruit halen.'

Niet doen, dokter. Niet het woord 'ouwe' in de mond nemen nu Jorge hier is. Nou lijkt het alsof mijn eierstokken uit het pleistoceen stammen.

Jorge houdt de eendenbek onder de kraan. Via de spiegel kruisen onze blikken heel even. Hij is vanochtend vast wakker geworden naast een studente geneeskunde, zo jong dat ze haar abonnement op de *Donald Duck* nog niet eens heeft opgezegd. Wat zou hij in mij moeten zien? Een vrouw die wacht totdat de tram met verlaagde instap langskomt?

De huisarts duwt haar vinger bij me naar binnen. Met haar andere hand blijft ze aan mijn buik voelen. Ze neemt de eendenbek van Jorge aan en schuift hem tussen mijn benen. 'Dit kan even onprettig aanvoelen,' zegt ze. Dat klopt: het voelt alsof ze me op een terrasparasol schroeft. Ze draait rondjes met haar vingers, die stoten tegen de binnenkant van mijn baarmoeder. 'Au!' Oles eerste kinderbed.

'Ik kan hem niet vinden,' zegt ze. Ze draait en prikt verder. 'Hebbes!' Ze trekt haar hand terug en houdt een minuscuul gevalletje in de lucht dat lijkt op de pootjes van een jong steltlopertje. Het is nat en draderig, en vooral piepklein. Heeft dit frotje er

de afgelopen achttien jaar voor gezorgd dat ik niet opnieuw met lekkende borsten luiers liep te verschonen? Dat ik achter een kinderwagen aan sjokte en bananen met diksap stond te prakken? De huisarts zwiept het in de pedaalemmer. Ik probeer meteen zo bevallig mogelijk te gaan liggen, maar weet dat mijn onderkant sowieso niet in Jorges top tien voorkomt. Top honderd ook niet. De huisarts doet er meteen nog maar een schep bovenop: 'Een nieuwe spiraal heb je niet meer nodig.'

'Oké, dank.'

'Want je weet ook waarom?'

'Ja, natuurlijk.' (Gaat ze stoppen nu?)

'Na je vijftigste is de kans om zwanger te worden even groot als bij een vrouw van vijfennegentig.'

Op de fiets zie ik bejaarde eitjes achter de bejaarde geraniums voor me, die via gemonteerde spiegels de jeugdige eitjes bespieden, hoe die lachen en op straat spelen.

Ze kijken niet eens omhoog.

WOENSDAG

Iets hips, Ottolenghi-achtigs. Of juist heel Hollands want dat mist ze natuurlijk, daar in de States.

VRIJDAG

Morgen gaat het als volgt: als Caroline binnenkomt schenkt Koos gezellig een Spritz Aperolletje in. De kamer is een ongeorganiseerde chaos, maar wel van het soort dat in een woonblad kan. Overal liggen frisgewassen schapenvachtjes en Ole heeft net Blondie op de platenspeler gelegd. Caroline is verrast hoe leuk ons huis ingericht is. Ik sta aan het aanrecht en deel kussen uit terwijl ik doorga met het leegschrapen van twaalf geroosterde aubergines. Op de bank zitten Gregory en Ole als geslaagd multicultureel duo de slappe lach te hebben terwijl ze de kruiden vijzelen voor mijn waanzinnige curry. 'Wat doe jij dat toch allemaal met een ongelooflijk gemak,' zegt Caroline. Ze neemt een lik uit een pan en is 'totally amazed'. Ondertussen is de sfeer al helemaal goed. Ik maak een goede grap, en de rest past in elkaar als een puzzel. Dan zet ik de maaltijd op tafel die briljant goed gelukt is, inclusief granaatappelpitjes boven op de baba ganoush. En dan kun je de avond verder uittekenen: te veel drank, maar binnen de perken, muziek gaat harder, er komen spontaan vrienden langs die ook hapjes hebben meegenomen, en het wordt zo'n avond waarvan je later kan zeggen: het liep helemaal uit de hand, maar wat hebben we gelachen.

ZATERDAG

08.00 uur

'Waarom doe je dan ook zo ingewikkeld!' zegt Koos. Hij zit op rand van het bed. 'Als je geen zin hebt om te koken, dan haal ik toch gewoon pizza?'

'Ik kan het niet!'

'DAN BLAZEN WE HET VERDOMME AF!'

Hij stampvoet de trap af.

10.30 uur

Ik zit aan de keukentafel waar al een week zes kookboeken liggen, met post-its tussen de pagina's. 'Blancheer, alvorens de ingelegde en gepekelde... etcetera.

Koos is kennelijk zijn dieet even vergeten want hij pulkt twee Bastognes uit een pak en stopt die in zijn mond. 'Wat is er mis met een aardappel en een lekker stukje vlees? Jij doet alsof de koningin komt eten.'

'DE KONINGIN KOMT OOK ETEN!' schreeuw ik. 'EN KAP EENS MET DIE KOEKEN.'

(Meteen sorry gezegd.)

Ik ga overstag en besluit bij de scharrelslager vier kakelverse entrecotes van de beste kwaliteit te halen. Verder wordt het een groene salade met halloumi en een linzengerecht van Ottolenghi met onuitspreekbare kruiden die alleen te koop blijken bij zeven verschillende winkels, elke in een andere uithoek van de stad. Dat wordt dus de auto, fuck de ecologische footprint.

14.15 uur
Weer thuis met een tas boordevol kruiden en een paar kilo gecertificeerde koe ter waarde van een vliegticket. Maar moet zo toch nog even terug naar de slager voor een extra entrecote, want net te weinig, dat is een doodzonde.

18.00 uur
Als ik achter het aanrecht sta om het linzengerecht klaar te maken blijkt dat die krengen ongeveer een midweek hadden moeten weken. Zet dat er dan effe bij, Yotam.

Koos is zo lief om naar de supermarkt te gaan om een paar blikken linzen te halen.

18.30 uur
Ik heb nog niks voor elkaar als de bel gaat en Caroline stralend voor de deur staat. Er staat ook nog helemaal geen gezellige muziek op. Wel klinkt het geluid van mensen die worden doodgeschoten; Ole zit zonder koptelefoon op GTA.

Koos komt binnengestormd en zet vier blikken linzen op het aanrecht. Gelukkig Bonduelle en geen huismerk, dat komt nog een beetje chic over.

'Wat drink je?' vraagt hij nahijgend aan Caroline. Ik roep 'SPRITZ APEROL NATUURLIJK', dwars door het 'Doe maar een nulnulletje' van Caroline heen.

Oké. Geen alcohol dus om de boel te dempen. Ze wijst grinnikend op een koelkastmagneet van Warhol. 'Die heb ik ook.' (Ze bedoelt de originele Warhol.)

Koos trekt de koelkastdeur open waar een half pakje feta uit valt dat Caroline soepel opraapt. 'Ik weet ook nooit hoelang je feta kan bewaren.'

'In ieder geval niet meer als ie groen is,' zegt Koos en mikt het in de vuilnisbak. Hij begint een verhandeling over de geweldige smaak van alcoholvrij bier terwijl hij twee flesjes opent.

'Ik help je wel even met snijden,' zegt Caroline.

Waarom zegt ze dat? Vindt ze dat ik niet goed snij?

Ze heeft het mes al gepakt en staat binnen een nanoseconde een gigantische prei julienne te snijden. 'Koken is mijn grote liefde,' zegt ze.

'De mijne ook,' hoor ik mezelf zeggen terwijl ik de blikken linzen opentrek.

We worden onderbroken door een hysterische pieptoon. Uit de oven komt een rookwalm, en de halloumi, die ik onder de grill had gelegd, blijkt te zijn gecremeerd. Een massagraf van zwarte kaaslijkjes gaat linea recta de pedaalemmer in.

'De grill gaat ook altijd zó snel!' zegt Caroline.

Nu de feta bedorven is en de halloumi verkoold, vraag ik me af hoe ik de salade ga opleuken. Ach, wat de fuck, skip de salade. Brood en linzenprut zat. Wacht maar tot ze haar tanden zet in zo'n heerlijke entrecote, dan piept ze wel anders.

Net als ik de entrecotes uit de koelkast wil halen zegt Caroline: 'Ik eet sinds een paar jaar vegetarisch, en echt, het bevalt me zo goed.' Zei ze echt vegetarisch?

'Ben je vegetariër?' Ik klink alsof ik gekeeld word.

Natuurlijk is ze vegetariër. Alle acteurs zijn vegetariër. Waarom is me dat niet eerder opgevallen?

'Wij eten ook al jaren vegetarisch.' Ik zet de lulkoekreutel aan. 'Wie eet er nou nog vlees... dan heb je toch geen geweten... willen we nog een beetje planeet overlaten aan onze kinderen dan stoppen we NU met die hele weerzinwekkende vleesindustrie.'

Caroline knikt en nipt van haar bierloze bier.

'Heb je trouwens nog een gouden tip voor de monoloog die ik straks moet doen?' Ik vraag het zo nonchalant mogelijk.

Ze knikt. 'Zal ik je anders helpen met je auditie?'

Ik krijg een privémasterclass!

19.50 uur

'Wij zijn van het basic koken,' zeg ik zo zelfverzekerd mogelijk terwijl ik de schaal linzen op tafel zet. Ik besef dat ik Caroline eerder veevoer dan een volwaardige maaltijd voorschotel, maar ik kan niet meer terug. Het scenario van deze avond kan de vuilbak in, boven op de halloumi en de rotte feta. Terwijl de linzen van Carolines vork af vallen voel ik de somberheid als een jaknikker op mijn nek vallen. En het eten is nog goor ook.

En dan, als ik de borden afruim, zegt Caroline tegen Koos: 'Het bevalt me heel goed vegetariër te zijn. Maar soms, heel soms, verlang ik nog weleens naar een lekker stuk vlees.'

Toen ze naar huis was zei Ole: 'Yo, die Caroline heeft swag, man. Die draagt Gucci!'

02.35 uur
Schaam me dood om het etentje. Durf Caroline niet meer onder ogen te komen.

ZONDAG

	kcalorieën
appel	24
rijstwafel	12
tosti	240
puddingbroodje	350
halve Hema-worst	275
andere halve Hema-worst	275

MAANDAG

Dit is waar 'over tijd' 'over de datum' wordt. Ben nu al achtennegentig dagen niet meer ongesteld! Naar de wc gegaan en een tampon uit het plasticje gehaald. Ongesteldheidsheimwee bij het uitrollen van het blauwe touwtje. Dat mooie Middellandse Zee-blauw. Dat 'Ik kan nog een kind krijgen'-blauw. Dat 'Ik ben chagerijnig want ik ben ongesteld'-blauw. Opeens een enorm hospicegevoel van onder en dus het doosje laten staan als relikwie (ook voor Koos).

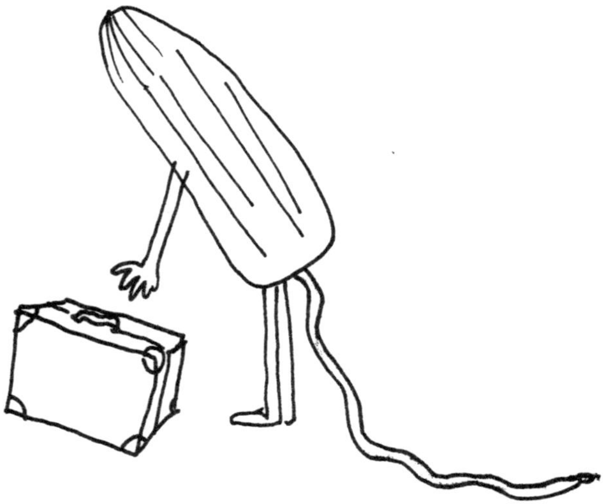

DINSDAG

14.30 uur
Caroline belde. Ze vond het leuk! CAROLINE VOND HET DINERTJE LEUK!! Geen kwaad woord over mijn eten! Ze zei letterlijk: 'Met heeeel weinig weet jij toch sfeer te maken.' We hebben voor overmorgen afgesproken.

WOENSDAG

Coffee and Concepts, 12.30 uur precies

Marieke brandt meteen los. Ze vertelt dat ze een appje van een ex heeft gehad, en dat ze dat appje 'van onder' voelde. Ik zie iets in haar blik wat ik heel lang niet gezien heb. Alsof iets onder een smeltende gletsjer vandaan komt en het blijkt nog helemaal gaaf te zijn.

'Het is die brandweerman. Herinner je je hem nog? Appie.'

En of ik me hem nog herinner. Appie is het tegenovergestelde van Rogier. Een man met ballen, schouders en vuile handen. Hij kon haar met één hand optillen. Iemand uit haar prewormenhoteltijd. Ze neemt een hap van haar açaibowl. Ik neem alleen thee (er moet nog twee kilo af voor de auditie).

'Ik moet echt niet met hem afspreken.'

'Waarom eigenlijk niet?' vraag ik.

'Nou, omdat ik dan weer binnen een uur met hem in een hotelkamer lig. Dat kan ik Rogier niet aandoen! We hebben net afgesproken dat we onze relatie een refresher geven.'

Er zit açaibowlprut op haar lip.

'Je moet het hem gewoon niet vertellen.'

'Dat is heel oneerlijk!' Spitse neus. Ze schudt resoluut haar hoofd.

'Mariek, je straalt! Vergeleken bij een maand geleden ben je twintig jaar jonger, denk je dat dat geen pure winst is voor Rogier? Spreek af met Appie en ga in godsnaam zo snel mogelijk op zijn brandslang zitten!'

'Wat heb jij opeens?'

'Gebruik het dan tenminste,' zeg ik. 'Dat je weer iets VOELT. Elektriciteit tussen je benen! Het leven is fucking kort, en jij bent oud. Echt, je bent oud, in evolutionaire termen ben je al dood. Je kan wel gaan liggen wachten op geilheid totdat er mossels op je rug gaan groeien, maar it ain't gonna happen als je zelf niks onderneemt. Kijk naar jezelf, er zit nog nét geen sticker op: "30% korting. Niks mis mee."'

'Heb je het nou over mij of over jezelf?' vraagt Marieke.

VRIJDAG

Coffee and Concepts, Masterclass

We zitten in een hoekje.

Ze heeft een croissant, zij wel.

'Gooi eens op,' zegt ze.

Ik haal adem: 'Zonder de kersentuin kan ik me mijn leven niet voorstellen.'

'Don't... knipperen...' zegt Caroline. 'Gewoon je ogen openhouden.'

Ik probeer me te concentreren door het malen van koffiebonen heen.

'Zonder de kersentuin kan ik me mijn leven niet voorstellen en als het dan zo moet zijn...' Ik staar naar het gigantische espressoapparaat, zonder te knipperen. Het voelt eerder apathisch dan dramatisch, maar Caroline vindt het goed. Ze dirigeert me met haar handen. 'En nu bij jezelf blijven... alles speelt zich vanbinnen af.'

'Als alles verkocht wordt, verkoop mij dan maar...'
'Goed! En nu die rem een beetje loslaten... toe maar.'
'Als alles verkocht wordt... verkoop mij –'
'Goed!! En dan de uitsmijter,' zegt Caroline. 'Je tranen. Die moet je als een cadeau achter de hand houden.' Ze doet het voor met nog een hap croissant in haar mond. 'Als alles verkocht wordt, (snik) verkoop mij dan ook maar (snik) ...' De barista, die het met een half oog gevolgd heeft, geeft haar een servetje voor de tranen. 'Gaat het?' vraagt ze met een brok in haar keel.
Caroline is zo verschrikkelijk goed.

ZATERDAG

Nog drie dagen. Ter afleiding ben ik Oles kamer gaan opruimen. Als ik zijn kamer nu alvast leger maak, valt het me straks misschien minder op als hij uit huis gaat. Voel een soort krater in mijn buik.
Ik trek een lade open. Er valt zo'n kaartje uit met een contour van een hoofd waartussen een kettinkje zit. En dat kettinkje kun je dan schudden en dan krijg je een heel raar profiel.
Het erge is: het lijkt op mijn nieuwe profielfoto, met zo'n kwab onderkin.

PS Ik moet dit positiever zien. Mijn huid wordt niet losser, het is meer *relaxed fit*.

ZONDAG

22.45 uur
Zo'n honger dat ik kwijlend naar mijn flosdraad kijk of er nog iets aanhangt wat ik kan verorberen.

MAANDAG

De nasale jongen belde.

'De auditie wordt afgenomen in een theaaaaterzaaaal. Kom morgen tien minuutjes eerder, we moeten nog zendereeeeeeeen.'

20.00 uur, nog 14 uur!
Als ik de jurk sta te strijken, zie ik een app op Koos' telefoon oppiepen. Ik kan het niet laten even te kijken.

'Ik vind het echt leuk, dat wielrennen. Zullen we anders een keertje met z'n tweeën fietsen?'

Zonder leesbril zien al die emoticons er hetzelfde uit, dus pas als ik mijn bril heb opgezet zie ik het: die achterlijke gele met dat kusje. Alsof ze al verkering hebben. Annaloes.

20.03 uur
Even gespiekt naar de profielfoto van Annaloes. Het is een profielfoto van het type 'Hou nou op met me, want ik blijf erin!' Glas witte wijn in de hand. Prachtig golden retrieverhaar. Ongeverfd, natuurlijk.

20.30 uur

'Wie zitten er eigenlijk allemaal in die fietsclub?'

'Eh... Annaloes, Bert en nog een intern begeleider, die ken je niet...'

Kijk hem daar nou tegen het aanrecht staan, met een bezweet hoofd en een espressootje in de hand. Hélemaal tevreden met zichzelf.

'Annaloes?'

'Die nieuwe van Frans.' Hij smeert een cracker met hummus.

'Moet dat echt?' Ik wijs naar zijn outfit.

'Je kan niet fietsen in een gewone broek met een shirt. Aerodynamisch is dat niet slim.'

'Aerodynamisch?'

'Ik ben een fietser.'

'Pardon? Jouw grens om met de auto boodschappen te halen ligt bij twee pakken bastognekoeken.'

'Ik ben een fietser, alleen ben ik er nog nooit aan toegekomen!' Hij loopt naar de koelkast op die achterlijke schoentjes met klikprofiel. Hij lijkt wel een geit op hakken.

PS Er niet over begonnen!

22.00 uur

(Toch over begonnen.)

'IS ZE JONG?'

'Luister, het is één appje, en het stelt verder niks voor.'

'Ze is dus knap. En jong?'

Geen antwoord.

Op de wc gaan zitten om het te overdenken. Ik kan dit er nu niet bij hebben.

Annaloes in mijn hoofd weggedrukt.

'Zonder de kersentuin kan ik me mijn leven niet voorstellen.'

DINSDAG

08.05 uur

Geen ontbijt want gisteravond vier afbakcroissants gegeten (zonder af te bakken).

Koos en ik lopen met een boog om elkaar heen. 'Toi toi toi,' roept hij als hij de deur uit gaat.

10.00 uur

De wachtruimte zit vol met actrices. Het is alsof ze een blik donkerharige vijftigplustypes open hebben getrokken. Ik ken er geen een van. De meesten hebben gewoon een spijkerbroek aan en dragen hun haar los. Ik heb mijn haar opgestoken en mijn moeders (gewassen!) jurk aan, met eronder de flatjes. Een retro-Holly Hobbie op leeftijd. Precies goed. In de zak van de jurk zit mijn troef: een doosje tijgerbalsem. De actrice naast mij heeft zich in zoverre ingeleefd in de negentiende eeuw dat ze ruikt naar natte hond.

De deur gaat open en een boomlange gast met gelakte nagels stapt naar binnen. 'Schat, je mag hoooooor!' Dit moet de nasale jongen zijn die ik aan de telefoon heb gehad. Hij rolt met zijn ogen en steekt zijn tong uit waarin een piercing hangt zo groot als een fietswiel: 'Sorry voor de uitloop. Die man is ZOOOOOOOO ingewikkeld, laat je niet kisten zo meteen. Gewoon lekker spelen en je niet laten intimideren omdat het Verstraete is. Jezelf zijn, je bent prachtig zoals je bent en ik hou van je.' Hij duwt me met zijn gelnagels de zaal in.

De theaterzaal is groot, maar het decor is klein. Op het toneel staan twee stoelen, een lamp en een bed. Een jongen in een wit pak auditeert voor de rol van de student.

Verstraete zit op de eerste rij. Voor hem een tafeltje met een daarop een monitor, een fles wijn en een glas. Zit hij nou te slapen? Even verderop zie ik een camera op een statief. Een assistent bedient het apparaat.

Verstraete veert op en maakt een wegwerpgebaar: we kunnen beginnen.

Ik concentreer me, haal diep adem. *Bij jezelf blijven, alles speelt zich vanbinnen af.*

'Zonder de kersentuin kan ik me mijn leven niet voorstellen. En als het dan zo moet zijn, als alles verkocht wordt, verkoop mij dan maar samen met de tuin.'

Het is stil. Ik ga door: 'Hier is immers –'

'PRACHTIG!' roept Verstraete.

Zie je, het gaat goed. Niet met mijn ogen knipperen. 'Hier is immers mijn jongen verdronken...'

'KLEIN HOUDEN!' roept Verstraete. Tuurlijk! Net iets te veel. Cadeau nog achter de hand houden. 'Zonder de kersentuin –'

'STOP MAAR WEER!' Hij steekt een sigaret op en kijkt me indringend aan. 'KLEIN HOUDEN! DIT IS FILM! Ik moet in uw ZIEL kijken, daar waar uwe stront zit! Het is geen KOMEDIE! VERSTAAT GE?' Wegwerpgebaar.

Nog kleiner? Hoe doe ik dat?

'Zonder de kersentuin,' fluister ik, zonder met mijn ogen te knipperen, zonder mijn lippen te bewegen, zonder adem te halen, kortom met de expressie van een dooie shoarmarol, 'kan ik mijn leven niet –'

'HET IS TE GROOT! Ik voel niet dat uw leven verkloot is!' Hij laat een dramatische pauze vallen. 'Dat wil ik zien. SNAPT GE? UW MISLUKTE GORE LEVEN!'

Ik ruik mijn moeder dwars door mijn wasmiddel heen.

'Zonder de kersentuin kan ik mijn leven niet voorstellen en als het dan al zo moet zijn...' Er staat een centimeter zweet in mijn plastic prijsknallers. NU, denk ik bij mezelf. Dit is het moment dat ik steeds geoefend heb... *Laat die rem maar een beetje los.* Ik pak een kloddertje tijgerbalsem en tast met mijn duim en wijsvinger vermoeid naar mijn voorhoofd. 'Als alles verkocht wordt, verkoop mij dan maar samen met de tuin...' Een enkele traan plopt uit mijn linkerooghoek. Als dit niet raak is...

'JA, GOED!! roept Verstraete vanachter zijn monitor. 'NU DOORGAAN. BREEK! BREEK!'

Doorgaan? Ik probeer er nog een traan uit te persen.

Kom op... Aan iets ergs denken, ik kan niet nog een

KLEINER!

keer naar mijn voorhoofd grijpen. Denk Annaloes. Er gebeurt niks. Denk Efteling! Pindarotsjes! Fietsoutfit! Dunne vaginawand! Slofkoning! Denk: Telkens weer! Telkens weer! Opeens stromen er tranen over mijn wangen. Ik roep het uit, snikkend: 'VERKOOP MIJ DAN MAAR SAMEN MET DE TUIN!'

'KLEINER!' roept Verstraete 'GE STAAT GODDOMME NIET IN EEN VOETBALSTADION!'

Het lukt me niet mijn tranen tegen te houden. 'Heb toch een beetje hart voor mij,' ga ik verder.

'KLEINER!! RUSTIGER! INTIEMER!' schreeuwt hij.

Flarden van mijn monoloog komen terug: 'Jij weet... belangrijke problemen... jullie jonge mensen...' Tsjechov draait zich om in zijn graf.

'STOP MAAR!' Hij zet de monitor uit. Vette bril.

Wegwerpgebaar.

Volgens Fietswiel ging het hartstikke goed. Hij zou snel bellen, zei hij.

De natte hond mag naar binnen.

16.14 uur
Caroline twee keer weggedrukt.

WOENSDAG

½ spuitbus slagroom

VRIJDAG

Ik ben niet gebeld over de auditie.

DINSDAG

Niet gebeld over de auditie.

WOENSDAG

19.36 uur
Ja hoor! Een aubergine! Ze heeft hem een fucking aubergine geappt! Ik heb het voor de zekerheid opgezocht. Een aubergine-emoji betekent een lul! Ik dacht het wel. Rustig blijven, niet meteen overdrijven. Hem er kalm mee confronteren.

'HEB JE MET HAAR WEL LIGGEN NEUKEN?'

'Waar heb je het over?'

'EEN AUBERGINE! Zeg het maar gewoon, wil je bij haar wel in d'r fietsbroek?' Ik vind het zelf ook geen Tsjechov, maar ik kom even op niks beters.

'Natuurlijk niet! Annaloes is gewoon een leuke collega.'

'Hoe oud is ze?'

'Daar gaat het niet om.'

'Daar gaat het mij wél om.'

'Oké, ze is zesendertig. Maar dat speelt geen enkele rol.'

Hij loopt rondjes door de kamer, als in zo'n slechte film.

Misselijk naar de logeerkamer gegaan.

VRIJDAG

11.30 uur
'Je hebt echt een heeeeeeel goede auditie gedaan, maar je bent het niet geworden,' aldus Fietswiel.

Tuurlijk. Ik ben geen 'vrouw wier leven geknakt is'.

11.45 uur
Hoezo zou hij mij twintig jaar links laten liggen om mij dan nu opnieuw te ontdekken?

13.00 uur
Met de auto naar de bakker gereden en tompoucen gekocht.

Die in de auto opgegeten en toen gedaan alsof ik geïnterviewd werd in een documentaire over mijn leven. 'You know what it is with middelmatighaid?' (Wist de vertaling van middelmatigheid niet, ben daarom op Nederlands overgegaan.) 'Tot je veertigste kom je ermee weg. In het gros van de series zit namelijk altijd wel een moeder die één keer per aflevering roept: "Jonas! Doe in godsnaam een jas aan!" Einde rol. Dat kan iedereen spelen, daar zit evenveel dramatische ontwikkeling in als in een comapatiënt. Maar daarna. Daarna komt het aan op echt talent.'

(In de volgende scène hangt Verstraete aan de telefoon: 'Dat gore castingbureau heeft een fout gemaakt, klootvioolke. Alleen jij bent mijn Ljoebow. Ik wist het meteen.')

14.00 uur
Ben weer in bed gaan liggen met de gordijnen dicht. Er zit nog een wasbol in de dekbedhoes.

17.30 uur
Ole kwam net binnen.

'Ofwel je slaapt, ofwel je bent hysterisch, en daar zit niks tussen,' zei hij.

18.10 uur
Keihard meegejoeld met 'Careless Whisper'. Kom er nu pas achter dat George Michael 'should have known better not to cheat a friend' zingt. En dus niet 'should have known better how to trade a fan' (hoe je een ventilator ruilt).

03.15 uur
Fuck Caroline. Fuck Ole. Fuck Koos. Fuck Verstraete. FUCK ANNALOES!!!

MAANDAG

'... maar ik ben nog steeds heel hard bezig werk te vinden,' zeg ik tegen de stinkkoffieman.

'Mevrouw, u hebt alle tijd gehad om een betrekking

te vinden die bij uw werkervaring past. Na een halfjaar is alle arbeid passend.'

'Bedoelt u nu De Efteling?' Ik piep.

'Het kan ook iets anders zijn. In uw geval ligt omscholing voor de hand. Ik heb u vaak genoeg gewaarschuwd. De WW is een BUFFER, geen tropisch zwembad.'

23.10 uur

Gekeken op de site van het UWV naar vacatures. Bij het woord *Seniorenplein* werd ik zo onpasselijk dat ik het avondeten opboerde. Nasi.

WOENSDAG

19.40 uur

Koos zit zijn knie te masseren. De blessure van een paar jaar terug speelt nu weer op door het 'fietsen'.

'Wat mis je dan?' Ik vraag het maar gewoon.

'Het gaat er niet om dat ik iets mis. Ze is aardig en kan goed luisteren. Verder niks.'

'Bedoel je dat ik niet goed kan luisteren?'

'Nou...' zegt Koos.

Ik wilde nog wel zo graag rustig samen praten, maar ik voel gif opborrelen.

'Hoezó kan ik niet luisteren? Wie luistert al die jaren naar die eindeloze toekomstplannen van je? Plannen waar nooit iets van terechtkomt? *Ik zou het roer weleens helemaal om willen gooien en radicaal iets anders willen doen, blablabla...*'

'Dat heb ik weleens gezegd, ja.'

'Ik zou wel een broodjeszaak willen runnen of zo, of een barretje ergens op een berg in Italië.'

'Bij wijze van spreken.'

'Het enige Italiaanse woord dat jij kent is pizza. Maar ga je gang, hoor. Als jij zo nodig een broodjeszaak wilt runnen, daar staat de boter.'

Koos draait rondjes met zijn knie.

'En dan dit: "Ik moet naar de sportschool." Nu opeens wel? Man, je gebruikt...' Ik moet even stoppen want ik heb een gigantische opvlieger.

'Wat?' zegt Koos.

'Je gebruikt je sportschoolpasje al jaren als ijskrabber!'

Hij kijkt me aan: 'Je luistert niet. Je snauwt, je zeikt. Je bent anders.'

23.49 uur

In de war ben ik naast hem gaan liggen. En ik realiseerde me ineens: vroeger kon ik hem 'straffen' door geen sex met hem te hebben. Maar nu hébben we samen al geen sex meer.

Koos sliep al.

23.55 uur

'Je bent anders.' Zou hij bedoelen: je bent droog? En dat niet durven zeggen?

DONDERDAG

Inloopspreekuur, 08.00 uur

Mijn eigen huisarts is er niet en dus zit daar Jorge.

'Ik heb last van een droge vagina.' Hij kijkt me heel doktersachtig aan, zo van: *ik vind geen enkel onderwerp een probleem. Shoot.*

'Misschien kunt u het wat rustiger opbouwen?'

Gaat hij het nu hebben over voorspel en beffen en hoe belangrijk dat is? Ik wil dat dit gesprek zo beperkt mogelijk blijft. Kom maar op met een of ander recept want Koos verlangt naar iemand anders.

'Belangrijk is om niet meteen tot penetratie over te gaan. Een oudere vagina heeft wat meer tijd nodig om vochtig te worden.' Zegt het lekkere ding tegen de perkamentrol. *Dry January.*

'Met de jaren wordt de vaginawand wat dunner, en sommige vrouwen hebben daar meer last van dan andere. Ik kan u hormoontabletten voorschrijven die de doorbloeding weer zullen stimuleren. Dan krijgt u als het ware weer een premenopausale vagina.'

'Premenopausale vagina? Wat heb ik nu dan? Een postmenopausale koektrommel?' Hij lacht niet.

10.14 uur

Inzicht: natuurlijk heeft dat chagrijnige gedoe van mij een biologische functie, namelijk deze: overjarige vrouw jaagt man weg met haar chagrijn → man plant zich voort bij jongere vrouw.

16.35 uur
Net als ik de eerste hormoonpil heb doorgeslikt gaat de telefoon. Het is Caroline.

'Hee, hoe gaat ie?'

'Goed hoor!' zeg ik.

'Verstraete heeft gevraagd of ik Ljoebow wil spelen,' zegt ze voorzichtig.

'Wat?'

'Sorry, ik vind het zo lullig.'

'Je bedoelt de rol waarvoor ik auditie heb gedaan?' Ik doe zo professioneel mogelijk.

'Ja.'

'...'

'Ben je er nog?' vraagt ze.

'Ja...'

'Ik vind het zo vervelend. Ik bedoel: ik had je deze rol zo graag gegund.'

Er zit een klem op mijn keel.

'Gefeliciteerd.' Het klinkt als 'Sapperdeflap'.

'Ik ga het niet doen, natuurlijk,' gaat ze door, 'het zou voor mij een te grote stap terug zijn.' Ze zegt het zonder een spoortje valsheid. Ze meent dit. Dit is een feit, het zóú voor Caroline een stap terug zijn.

'Natuurlijk. Dat moet je niet doen, dat zou stom zijn.' Ik lach en zij lacht opgelucht mee.

17.15 uur
De loopplank naar haar woonboot wiebelt. Ze drukt me tegen zich aan en ik ruik ouwe l'Air du Temps.

Ik huil met zo'n heel lange snik waar je geen controle meer over hebt. Waarvan ik op mijn zesde dacht: zo huil je niet meer als je volwassen bent. Het is goed dat er Mariekes zijn in deze wereld. Ook al heeft ze een Desigual-jurk aan, en zijn de ramen hier sinds haar laatste eisprong niet meer gezeemd.

'Hoezo gaat hij opeens Caroline vragen?' vraagt ze als ze een pot thee naast me neerzet.

'Precies,' zeg ik. 'Dan kun je meteen inpakken. Auditeren tegen Caroline is de hel. Altijd al geweest. Alle actrices weten dat. Je voelt je Stadskanaal versus Venetië. En zij hóéfde niet eens auditie te doen.'

Marieke schenkt thee in. Ik ga door. 'Over haar eerste hoofdrol schreven de recensenten: "De Meryl Streep van de Lage Landen." Toen ik Hedda Gabler speelde was de kop van de recensie: "Hedda had twee uur eerder dood gemogen." De voorstelling duurde twee uur.'

'Ik vond dat een prachtrol van je.'

Ik lig met mijn hoofd op haar schoot. Ze ruikt naar kleding die te lang in de wasmachine heeft gezeten.

'Weet je,' zeg ik, 'ik heb me weleens afgevraagd waarom ze me hebben aangenomen op de toneelschool. Ik denk dat je gewoon ergens in belandt. Zoals je JE HELE LEVEN GEWOON ERGENS IN BELANDT. WAT MOET IK NU, MARIEK?'

'Aarden. Ga eens staan. Doe eens. Ga eens staan.'

Godver, nee... een kikkererwtentekst. Niet nu.

'Voel de grond, je bent er al.' Ze pakt mijn handen vast en kijkt me aan. 'Je hoeft nergens heen, Pik. Je bent er al.'

Pik heeft ze me echt al heel lang niet genoemd.

Toen ik naar huis fietste regende het. Ik liet me helemaal filmachtig nat worden, haar, jas, het kon me niet schelen. Ik dacht stiekem dat ik er best sexy uit zou zien door dat natte haar, en dat Koos en ik dan troostsex zouden hebben waardoor hij Annaloes meteen zou vergeten. Toen ik binnenkwam zei Koos dat ik eruitzag als Alice Cooper.

MAANDAG

Bucketlist vijftigplusman:

– wil met een jonge vrouw naar bed;
– wil met twee vrouwen naar bed die het met elkaar doen en dan kijken;
– wil met twee vrouwen naar bed die het met elkaar doen en meedoen;
– wil met een jonge lerares Frans naar bed.

WOENSDAG

De laatste weken voor zijn examens. Ik heb 'gore macaroni' gemaakt: Oles lievelingsgerecht. Met room, kaas, ham en heel veel eieren. Mensen die dit te vaak eten zijn over het algemeen alleen nog maar te verplaatsen door ze uit hun raam te takelen.

Koos eet een bietensalade, want hij wil nog 'fietsen'.

'Doe je oordoppen nou toch eens uit,' zeg ik tegen Ole. 'We vinden het leuk om te horen hoe jouw dag was.' (Goed zo, hem positief benaderen!!)

'Ik heb niks te melden...'

'Natuurlijk wel,' zegt Koos.

'...en jullie geouwehoer hoef ik niet te horen. Jullie hadden gewoon geen kind moeten nemen. Had je ook een hoop geld gescheeld.'

'Wat?'

'Ongeveer honderdtachtigduizend euro. Eén kind, twee Tesla's. Ik heb me trouwens ingeschreven voor een studie. Foodtechnology.'

Hij neemt een hap macaroni en doet zijn doppen weer in.

'Foodtechnology??'

Dus geen tussenjaar voor hem.

00.13 uur
Ik kan niet slapen, want ik ben het *begeleiden* van Ole de laatste tijd helemaal vergeten. Alsof hij al 'af' is, klaar voor de wereld. Maar dat is helemaal niet zo.

DONDERDAG

14.00 uur
Het klinkt naar zomer in Oles kamer. Er zitten krekels in zijn oude terrarium, met eromheen een kraag van groene blaadjes.

'Nieuw?' vraag ik als ik Yum Yum noedelsoep spicy chicken voor hem neerzet.

'Niet zoveel vragen,' zegt Ole.

ZATERDAG

Paniek. Ben heimweedingen in de badkamerkast gaan opruimen:

- Sudocrem
- XTLuis
- Weleda Weer en Windbalsem
- Bert en Ernie-pleisters

– Zwitsal Op 't wangetje
– talkpoeder
– tampons

Alles was over de datum. Alles weggegooid. Ook de neusknipper van Koos. Doorgegaan met andere kasten.

PS Helemaal achter in Oles kast vond ik zijn sloffen. Slijtageplekjes op de neuzen. Teruggelegd.

ZONDAG

Coffee and Concepts
'Waarom willen mannen een jongere vrouw?' vraag ik.

Mijn broer denkt na. 'Het verschil tussen een vijfentwintig- en een veertigjarige poes kun je ruiken, wist je dat?' Hij checkt de kaart opnieuw. 'Koos gaat niet bij jou weg, echt niet. Maar je kan ook je best doen om er een beetje *zum haben* uit te blijven zien.'

Hij laat een foto zien van een prachtig meisje, met Bambi-ogen en een bos gitzwart haar.

'Foster Parents?' vraag ik.

'Ze is vijfentwintig.'

'Is dit je VRIENDIN?'

'Twee weken. Ze heet Shahita.'

Ik wijs naar zijn telefoon. 'Zij is echt geen vijfentwintig. Weet Interpol dit?"

'Ze lijken daar veel jonger, komt door hun DNA.

Ze is afgestudeerd jurist. Ik had haar al eerder ontmoet bij Into The Great Wide Open, hoewel ik je kan melden dat het bij haar verrekte nauw is.'

Hij kan de kaart niet lezen. 'Hebben ze iets vegetarisch? Ik heb toch wel trek.'

Normaal verwerkt hij een koe per maand en nu is ie opeens vegetariër, alleen omdat Shahita dat waarschijnlijk is.

'Waar is je leesbril?' vraag ik.

'Daar kan ik niet mee aankomen. Alhoewel Dinges het heel geil vond staan.'

Als hij knipoogt naar de serveerster komt ze meteen aangehold. 'Schat, heb je ook iets vegetarisch maar dan met vlees?'

00.30 uur
Ik slik al bijna twee weken die hormoonpillen, maar ik heb nog niet het idee dat ik met een dikke biefstuk tussen mijn benen loop.

MAANDAG

22.50 uur
Ik moet sex hebben met Koos. Maar het punt is: dan moet ik me wel op een bepaalde manier opgewonden voelen. Iets in mijn lijf moet 'aangaan' bij het idee. Een soort van lichamelijke warme sensatie: IK HEB ER ZIN IN!

En dan moet ik natuurlijk niet voor de spiegel gaan staan. Dat was ik even vergeten.

Mijn lijf lijkt op een buitenhuisje waar al een tijd niemand is geweest. Alles is overwoekerd en ingezakt. Wat moet ik daar nog aantreffen wat me opwindt? En wat heeft Koos daar nou nog te zoeken?

DINSDAG

08.15 uur

Vanochtend geprobeerd extra te genieten van dit soort dingen in mijn mailbox:

1. Dat er in het bevestigingsmailje van mijn stofzuigerzakbestelling staat: 'We gaan direct voor je aan de slag!'
2. Dat de schoonheidssalon mailt: 'We hebben je gemist!', ook al is mijn naam erin gecopypast.
3. Dat mijn tekstverwerkingsprogramma steeds zegt: 'Welkom terug!'

22.50 uur

Ik heb me geschoren, gedoucht, er ligt zelfs een verse tube Sensilube onder het bed. Trouwens, hij hoeft er niet meteen in. Eerst een beetje strelen, dat is ook goed. Niet meteen op zijn lul afstevenen als een hond op een bak Bonzo. Mijn lichaam is een tempel. Daaraan denken. Koos moet mij weer willen. Echt willen. (En ik hem.)*

* Nog niet gelukt. Tempelgevoel te ver weg. Annaloes te dichtbij.

WOENSDAG

Coffee and Concepts, 12.30 uur precies
Marieke heeft een nieuwe (!) blouse gekocht. Staat haar goed. 'En ik heb ook wat voor jou.' Het is de daklozenkrant. 'Vanwege de gedichten,' zegt ze.

DONDERDAG

Ontdekt waar ik wel opgewonden van word:

1. vellen opgedroogde verf uit een verfbak trekken;
2. blauw plasticfolie van nieuwe elektronica-apparaten afpeuteren, zoals bij de magnetron;
3. filmpjes waarin handen iets kneden;
4. kijken naar haar dat geborsteld wordt.

ZATERDAG

Ole is vandaag bij Gregory aan het leren. Ik merk dat ik het soms gewoon fijn vind als hij er niet is. Want dan voelt het tenminste niet alsof ik de hele tijd foute dingen doe of zeg.

01.30 uur
Ole nog steeds niet thuis.

03.00 uur
Ole nog steeds niet thuis.

04.49 uur
Ole nog steeds niet thuis. In zijn kamer gaan zitten wachten.

PS Nu weet ik waar de verloren sokken zijn. Ze liggen achter Oles bed. Hard geworden. Andere losse sokken ook maar bij zijn bed gelegd.

MAANDAG

Vanochtend ben ik gebeld door Fietswiel van het castingbureau.

'Niet meteen nee zeggen. Ze zoeken bij Talpaaaaa een kabouter. Voor een nieuwe sitcom. Heb jij een leuk accentje in huis?'

'Een kabouter?' vraag ik.

'Ze mikken op de heeeele familie, qua doelgroep. Lees de synopsis. Het is best wel geeeeeestig. En ik herinner me dat Verstraete tegen me zei dat hij je vooral "grappig" vond. Auditie is over twee weken.'

'...'

'HALLO? Ben je er nog?'

'Sorry. Maar ik doe geen audities meer.'

11.15 uur
Haha. *Sorry, ik doe geen audities meer.* Heel trots op mezelf.

12.20 uur
OMG WAT DOE IK DAN WÉL?

23.40 uur

Bij het tandenpoetsen zie ik dat het weer erger is geworden: mijn tandvlees trekt zich steeds meer terug. Alsof het constant eb is in de bek. Het tandvlees schaamt zich waarschijnlijk voor me. Zo van: ik wil niet meer bij deze vrouw horen. Tussen mijn tanden ontstaan zulke grote ruimtes dat ik inmiddels mijn riem kan gebruiken om te flossen.

DINSDAG

Een brief van het UWV ontvangen. '...anders zijn wij genoodzaakt uw uitkering per direct stop te zetten.'

Verdomme, moet nu dus deze week kiezen tussen omscholing of kabouter.

De brief verstopt voor Ole en Koos.

DONDERDAG

Koos is jarig. Hij wilde gelukkig 'niks doen'. Hij heeft twee vrienden uitgenodigd en nu zitten ze *Indiana Jones and The Last Crusade* te kijken met La Chouffe-biertjes. Naast de wc liggen druppels pis. Ik weet niet of dat een specifiek coördinatieprobleem van vijftigplusmannen is, een soort van pis-tremor, of dat ze gewoon door die buik hun lul niet meer kunnen zien.

21.48 uur

De vijftigplusman:

– zegt: 'Ik ben een fietser';
– heeft geen straal maar druppelt;
– kopieert playlists van zijn kinderen, maar doet alsof hij die muziek allemaal zelf heeft ontdekt;
– draagt nog steeds sneakers;
– wil 'iets teruggeven aan de maatschappij';
– scheurt zijn kniebanden omdat hij nog zo nodig de overgang van skiën naar snowboarden moest maken ('Je bent zo jong als je je voelt');
– heeft op al zijn shirts vetvlekken ter hoogte van zijn buik;
– verwart beleefdheid van een serveerster met flirten;
– speelt luchtgitaar.

ZONDAG

Ole vroeg bij het eten of je ook acteur bent als je nooit speelt.

00.25 uur
Een KABOUTER. Fuck it.

MAANDAG

09.14 uur
Een oxazepam genomen en toen het castingbureau gebeld. Gezegd dat ik de kabouterrol wel wil doen.*

* Auditeren voor een kabouter. Hoe diep kun je zakken.

WOENSDAG

Dingen waardoor ik weet dat ik afgeschreven ben:

1. dat ik een buffalo hump onder aan mijn nek ontwikkeld heb alsof daar een ei verstopt zit;
2. dat de aders op mijn handen niet meer op aders lijken, maar op startkabels;
3. dat als ik rechtop sta mijn knieën op gebreide pannenlappen lijken;
4. dat ik alles vergeet, terwijl ik wel de complete tekst van 'Willempie' heb onthouden, met stemmetjes en al;

5. dat ik vanonder niet meer nat word behalve als ik moet niezen;
6. dat mijn oorlellen groter worden;
7. dat ik soms zeg: 'me dunkt';
8. dat ik in de auto alleen nog maar via de spiegel achteruit kan rijden, want ik kan mijn nek niet meer omdraaien.

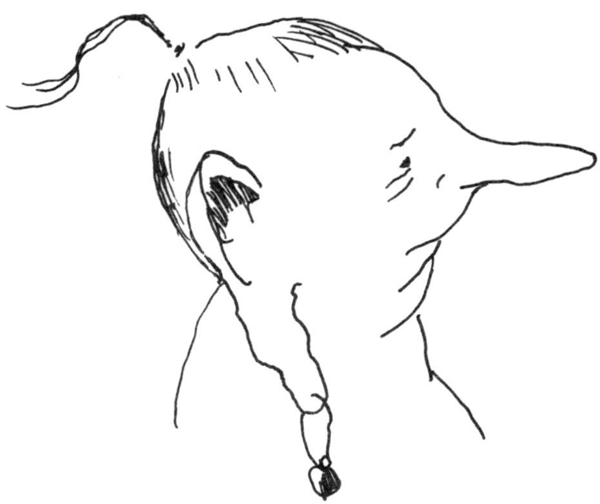

50+-oorlellen
50+-paardenstaart

MAANDAG

Heb de tekst voor de auditie ontvangen. 'Wie we daar hebben. Het is kabouter Krullenbol.'

Ik bel Caroline.

'Listen, darling. Don't look down on it,' zei ze. 'Er zijn geen kleine rollen, er zijn alleen kleine acteurs.'*

* Wel handig in dit verband.

DINSDAG

Rode puntmuts gekocht. Plakbaard, een echt rood kabouterpak en twee heel grote vilten flapschoenen. Kostte gelukkig maar vijfendertig euro bij elkaar. Je ziet straks niet eens dat ik het ben.

WOENSDAG

Castingbureau, 15.50 uur
Fietswiel steekt zijn duim omhoog naar me. Als ik binnenkom ga ik eerst naar de wc om me om te kleden. Ik trek het rode pak aan. Ik plak mijn baard vast, zet de rode muts op en ga de auditieruimte in. Er is een cameraman aanwezig, de casting director en natuurlijk de regisseuse. Ze ziet eruit als een VPRO-tientjeslid: grijs en blij.

Ik speel de scène een keer met een Gronings accent. Ik doe mijn armen wijd en roep: 'Wie we daar hebb'n! Het is kabouter Krull'nbol!'

Het is stil in de auditieruimte.

'Heb je nog iets anders wat je ons zou kunnen laten zien?' vraagt de regisseuse.

'Als in...?'

'Nou ja... iets waarvan jij denkt: dit past bij de rol?'

'Eh, nee.'

Ze kijkt of er iemand dood is. 'Weet je wat het is? Ik zie wéér een olijke kabouter. Dat is zo'n cliché. Wéér zo'n stemmetje. Het is niet slecht hoor, maar het is niet wat ik zoek.'

Ik voel de woede via mijn rug over de buffalo hump omhoogkruipen naar mijn kruin. Mijn vuisten zijn zo gespannen dat ze wit zijn. Zo'n woede waarvan een therapeut zal zeggen: 'Dit gaan we even isoleren. Hier gaan we even naartoe.' Nou we gaan helemaal nergens naar toe. Een gloeiende knol in mijn keel: 'Weet je wat het is?' zeg ik. Het gutst eruit: 'Ik hoef die hele kabouter niet! EN ZAL IK JE NOG EENS WAT VERTELLEN? KABOUTERS BESTAAN NIET! HAHAHAHAHA! EN DEZE KABOUTER BESTAAT AL HELEMAAL NIET!' Ik loop de auditieruimte uit en gooi de deur achter me dicht. Door het zweten hangt mijn baard nog maar aan een puntje. Ik ruik mastixlijm.

11.40 uur

Als ik buiten op straat sta belt Koos.

'Ik ben er blij om,' zegt hij. 'Serieus. Ik ben blij dat

er iemand is geweest die iets heeft wakker gemaakt. In mij.'

'Wat bedoel je?' Drie jongens staan aan de overkant een fikkie te steken in een groencontainer.

'Nu kan ik zien waar het aan ontbreekt. Bij ons. Bij mij, bij jou –'

'Hé kabouter!' roept de langste jongen. Hij gooit een brandende tak mijn richting op. Ik zet een stap opzij.

'Maar toch wil ik je zeggen –'

Opeens zie ik dat het puntje van mijn flapschoen begint te smeulen. De tak heeft toch het vilt geraakt. 'GODVERDOMME!' Ik probeer de rokende flapschoen met mijn andere flapschoen uit te trappen.

'En je luistert nooit!' hoor ik Koos zeggen.

Ik trap en ik trap tot het vuur uit is. Mijn tas en telefoon vallen op de grond.

'Hé dikke dwerg!'

Nu is het klaar. Ik trek de krengen van mijn voeten. Met de twee narokende flapschoenen aan mijn handen ren ik op de jongens af.

'VIND JE DIT LEUK? VINDEN JULLIE DIT LEUK?' Ik geef de lange jongen een mep met de schoen. Lekker. Ik geef er nog een linkse achteraan, maar dan vliegt de schoen van mijn hand. *Oei, een beginnersfout. Altijd de punten blijven vasthouden.*

De dikke raapt de flapschoen op en mept ermee op mijn rug, terwijl de lange de flapschoen van mijn rechterhand probeert te trekken. Haha, dat hadden ze gedacht. Ole probeerde ook altijd naar mijn slof te graaien, maar wie is hier de Slofkoning? Terwijl ik mep weet ik de andere schoen terug te pakken. *Gouden regel: NIET LOSLATEN! NOOIT LOSLATEN!* Het lukt me om ze vast te houden. En hup! Omlaag! Voor niks staan ze in de lucht te graaien... Haha! Ik sla met de flapschoenen op hun hoofd, maak een pirouette en hop! Een mep bij de dikke in zijn nek.

Dan zijn ze het zat en... ze rennen weg. Het dansje gaat als vanzelf! Mijn armen gaan de lucht in. Links heup links links, rechts, dat stomme ritme, nooit weg geweest. Ik joel het uit, HAHA!! Ik heb gewonnen! Ik klap het deksel van de groencontainer dicht en draai om mijn as. En nog een keer. En spring. 'Stelletje mafkezen! Gewonnen! Deze kabouter heeft gewonnen!' Ik roffel met de flapschoenen op mijn borst.

Fuck, mijn telefoon. Ik zie hem verderop liggen en raap hem op... Koos. Heeft hij nou alles gehoord?

'Koos?'

Een vermoeide zucht aan de andere kant. 'Wat ik wou zeggen: Annaloes gaat werken op de dependance. Ik dacht, dat wil je vast weten.'

'O.'

'Maar wat ik je ook wil...' Hij is even stil.

'Ja?'

'Ik hou van jou. Dat je het weet. Tot zo.'

DONDERDAG

De derde jongen heeft me blijkbaar gefilmd. Inclusief close-ups. En vervolgens op Instagram gezet.

'Mam! Dit fakking filmpje is hilarisch!' zegt Ole. Zijn gezicht zit onder de Yum Yum-puistjes van de hele dag examens leren. 'Dit is precies ons dansje, kijk dan!'

Ik kijk. 20.000 keer geliket op één dag. #hilarischekabouter

MAANDAG

Ik word gebeld door een producent.

'Bent u die kabouter van het filmpje?'

'Dat ligt eraan,' zeg ik.

'We zouden u heel graag de rol willen aanbieden in de serie. Dit is precies wat we zochten. Het is grappig, de grumpy face, maar tegelijkertijd is de vreugde onmiskenbaar. Het is oprechte victorie. U geeft de kabouter een heel nieuw gezicht. Bovendien zouden we graag dat flapschoengevecht laten terugkeren in de serie, inclusief het dansje. Als u daar tenminste de rechten voor wilt verlenen.'

Ik kijk naar beneden. Mijn teen is ingezwachteld; ik kan geen schoen aan.

Marieke neemt niet op. Caroline appt: 'I'm so proud, babe! You created your own character. Dat is mij nooit gelukt.' 'Mam, je bent een baas!' zegt Ole. Koos pakt me vast: 'Voortaan altijd audities met een baard doen.'

VIJF WEKEN LATER, WOENSDAG

We wachten tot de telefoon gaat. Als ie uiteindelijk gaat, neemt hij niet op. 'Schiet op, neem op!' Ik word gek. Dan pakt hij hem, heeel traag.

'Met Ole.' Ernstige blik.

'Ja... ja... O...'

Hij moet wel gezakt zijn als hij zo kijkt.

'Oké... dag.' Als een geslagen hond. En dan: 'GESLAAGD!!'

Ik vlieg hem om de hals. Het mag. Hij telt: 'Eén, twee, drie, vier en vijf, en loslaten.'

DINSDAG

Kabouter Krullenbol is een jongen met een groot hoofd en een gigantische bos zwarte krullen. Nauwelijks acteerervaring maar een natuurtalent qua kabouter. Door het veelvuldig blowen heeft zijn stemgeluid de traagheid van een vastgelopen geluidstape.

Al een week zijn we aan het repeteren. En ik geniet ervan. We worden 's ochtend met een busje opgehaald en er zijn gezellige thermoskannen met koffie! Alle acteurs zijn vol bewondering dat ik – als doorgewinterde actrice – heb besloten om mee te doen aan deze serie.

21.05 uur

Ole heeft nu al een kamer gevonden in Den Bosch.

Helaas is die kamer per direct beschikbaar. Hij liet me foto's zien. Ik heb precies goed gereageerd want ik heb gezegd: 'Wat goed! Je hebt een kamer!'

23.25 uur
Heb ik wel alles uit het moederschap gehaald wat erin zit? Was dit het? Vergeet ik niet iets heel groots? Wanneer komt dat 'Ik merk dat ik het ook wel heerlijk vind, hoor, weer wat tijd voor mezelf'-gevoel waar andere ouders het altijd over hebben?

23.30 uur
Gegoogeld op:
- waarom kinderen langer thuis laten wonen goed voor ze is (weinig hits)
- empty nest
- kinderen uit huis: nieuwe impuls?
- welk huisdier beste na vertrek kind
- campers
- campers en achteruitrijden

WOENSDAG

Ole krijgt mijn oude kledingkast voor zijn nieuwe kamer. Die wil hij graag. Ik ben het ding aan het uitruimen. In de loop der jaren heb ik zoveel verzameld dat de planken doorgebogen zijn, alles meurt naar kostuummuseum. Op een jurk zie ik een kotsvlek op de schouder van toen Ole nog een baby was. In een zak van een colbert vind ik een tampon.

DONDERDAG

In de IKEA voelt het bestek koud aan. Hij wilde zelfs stoelviltjes. Op de terugweg zitten we samen in de auto. 'Amazing' van George Michael staat op. We zingen hard mee. 'Celebrate the love of the one you're with'.

Hij krabt aan de Hamboards Logger-korst op zijn knie. 'Mam, na hoelang vind jij dat je terug kan appen bij echt leuk?' Ik kijk opzij.

'Niet meteen,' zeg ik. 'Play hard to get.'

'Oké, thanks.' Hij grijnst en kijkt weer uit het raam.

'I think it's amazing,' zingt George Michael.

Ole, wat was het kort. Dat is wat ik denk. Wat was je kort bij mij.

14.50 uur

Koos staat in Oles kamer tussen de eerste ingepakte dozen en uit elkaar geschroefde meubels. Ole is vrolijk en maakt zelfs tosti's. Ik voel me misselijk. Iedereen kan hier wel een opgewekt we-gingen-met-z'n-allen-een-nieuw-tijdperk-in-achtig gevoel bij hebben; ik niet. Dit is het moment waarop iets ophoudt. Zo'n moment waarvan we later zullen zeggen: 'Weet je nog hoe Ole zijn spullen in stond te pakken?'

VRIJDAG

Studio Almere
Vandaag waren we halverwege de productie. Als verrassing kregen we champagne en een grote schaal met tompoucen! (Veel bleef achter in mijn baard.)

Ik word als een koningin behandeld. Ik heb als enige een eigen kleedkamer. Vanmiddag kwam een jongen van de productie naar me toe. Hij bracht me een cappuccino met een cacaohartje. 'Ik ben echt een heel grote fan,' zei hij. Hij liet me zien dat er een gifje is gemaakt van mijn stomme dansje!!

ZATERDAG

We mogen het busje van Rogier lenen. Zelfs de geurkerstboom die aan de spiegel bungelt meurt naar wiet. In de asbak liggen peuken en plectrums. Koos draagt het terrarium de bus in, Gregory de sjoelbak. Ik heb gore macaroni gemaakt. Het zit in een tupperware voor de lunch, straks.

In Oles hanenpoten staat de inhoud op de dozen geschreven. 'Game consoles,' 'Hoodies'.

'Heb je ook je jas bij je?' roep ik.

Koos fluistert: 'Niet doen.'

Oké. Niet meer doen. Maar wat mag ik dan nog wel doen? Is er geen afbouwperiode voor verlaten ouders? Of een handboek?

Koos reikt me een volgende doos aan.

We zetten samen zijn bed en boekenkast in elkaar. Bij het afscheid voor het studentenhuis klem ik Ole tegen me aan. 'Mam, doe niet zo tostiapparaat.'

Koos en ik stappen in de bus om die terug te brengen naar Marieke en Rogier. Ik ben onrustig, voel dat er achter mijn rug een tsunami komt aanrollen die ik niet kan tegenhouden. Het is iets met baarmoeders en navelstrengen. Ik zie Koos ook iets wegslikken, maar hij redt zich wel. Want daar is die boei waaraan hij zich zoals altijd vastgrijpt als hij vaste grond verliest; hij wordt praktisch: 'Wat doen wij met eten vanavond?' vraagt hij.

PS Ole heeft bij het afscheid de knuffelseconden niet geteld.

20.40 uur
Koos en ik eten friet voor de tv. Hij zit op de bank op Oles plek.

Er komen een paar mooie vrouwen in bikini's langs gerend. 'Wat een hoop geile reten,' zegt hij. Hij klinkt verdrietig.

'Vind je dat ik een geile reet heb?' vraag ik.

'Anders,' zegt Koos.

Ik kijk hem aan. 'Anders in de zin van: vroeger had mijn vrouw ook zo'n reet, maar nu helaas niet meer,' vraag ik, 'of anders in de zin van: mijn vrouw heeft nooit zo'n reet gehad.'

'Anders in de zin van: jij hebt zo'n reet niet meer. Wel een lieve reet, een reet waar ik heel graag naar kijk. Maar niet meer zo'n reet.' Hij wijst naar het scherm waar inmiddels een Indonesiër in een wok staat te roeren.

23.30 uur

'Jij hebt zo'n reet niet meer.'

Wél gehad dus!

MAANDAG

In Oles kamer gaan zitten. Toen ik mijn ogen sloot hoorde ik getjirp. Er zat nog een krekel. Ik heb hem maar in de tuin gezet.

VRIJDAG

Carolines foto staat op een tram. In die catsuit. Ze ziet er geweldig uit.

EEN MAAND LATER, ZONDAG

20.30 uur
Koos en ik kijken naar een nieuwe aflevering van *De flapschoenkoning*. Het lowbudgetgehalte is hoog: mijn baard lijkt op een baal mihoen die net uit de verpakking is gehaald en we dragen kabouterpakken waar de winkelvouwen nog in zitten. Het decor is van het soort *Game of Thrones* op Lidl-niveau. Het maakt het studiopubliek niks uit: elke keer als ik opkom krijg ik applaus. En als ik iemand op zijn nummer heb gezet roepen ze 'Flapschoenkoning!!' en dan joelen en klappen ze mee met mijn overwinningsdansje. En ik? Ik ben apetrots.

MAANDAG

We liggen in bed. 'Mijn kabouter,' zegt Koos. Hij kust me op mijn wang, en dan haalt hij opeens een haar uit zijn mond. Die was nog achtergebleven van mijn kabouterbaard.

22.50 uur
Sex! Het begon met een beetje strelen, helemaal volgens het boekje. Maar toen Koos naar beneden afdaalde viel me op dat zijn kruin veel grijzer is geworden. Eerst was ik daardoor afgeleid, maar toen kwam ik via dat grijs op de Histor-waaier en zo op verfbakken en verfvellen daaruit trekken. En toen werd ik toch weer opgewonden. (Dit niet aan Koos verteld.)

MAANDAG

Vannacht hoorde ik Koos beneden zuchtend de ballonnen opblazen. Ik moest mijn lach inhouden. Het zijn er vijftig.

Ole komt niet. Hij stuurde wel een heel lief appje. Er is een kennismaking van zijn studievereniging. 'En ik heb nog niet genoeg vuile was.'

De productie heeft een enorme taart laten bezorgen: een kabouter met een baard van slagroom.

Broer is eerder gekomen en ligt als een bejaarde zeehond op de bank. Leesbril op zijn neus, bordje taart en de zaterdagbijlage van *de Volkskrant* op zijn schoot.

Zijn telefoon gaat.

'Shahita.' Hij drukt haar weg. 'Ze wil naar Appelpop.' Hij kijkt zo wanhopig dat ik naast hem ga zitten en een arm om hem heen sla.

'Zoek iemand die bij je past,' zeg ik. 'Kies een Koos. Een soort van vrouwelijke Koos. Dat zijn de beste. Echt. Kijk maar.' Ik wijs naar Koos die Libanees brood op een schaal staat te draperen.

Zijn telefoon gaat weer, dit keer neemt hij op.

'Ik kom eraan, schatje, geef me een kwartiertje.' Ik krijg een kus, en weg is hij.

Mijn moeder heeft haar kerstjurk weer aan. Het moet gezegd: hij staat haar veel beter. Als ze mij een zoen geeft ruik ik nog een vleug tijgerbalsem. Marieke geeft me het slechtste cadeau ever: een dromenvanger. Ik zeg het haar ook: 'Wat een kutcadeau. Dat geef jij iemand die vijftig wordt?' 'Je hebt eigenlijk wel gelijk,' zegt ze, en ze stopt hem terug in haar Recycle Or Die-tas. 'O ja, ik heb Appie trouwens teruggeappt.' Ze geeft me een knipoog.

Om 16.00 uur gaat de bel. Een bos bloemen die nauwelijks door de deur past. Er hangt een kaartje aan: *Happy Birthday, darling.*'

Bij de derde Spritz Aperol waagt mijn moeder een dansje met Koos op 'Private investigations'. Ze is onder de indruk van zijn luchtgitaarsolo.

Dan gaat de bel. Ik doe de deur open maar ik zie niks. Opeens krijg ik iets in mijn gezicht gemept. Een gloednieuwe slof, met een strik eromheen. Daarachter Ole. Een big smile.

PS Ik ben maar één keer naar boven gevlucht om aan de schone was te ruiken.